《論語》教名句 下

中華教育

主編：江少青

前言

　　《論語》是記載孔子及其弟子言談的一部語錄，是反映以孔子為首的儒家學派思想的一部重要著作，哺育了古往今來無數仁人志士，在中華傳統文化中佔有獨特而崇高的地位。

　　在數千年的文化傳承中，有很多學者為《論語》一書作注，如魏晉大學者何晏所著《論語集解》，北宋大學者朱熹《論語集注》等。但是，因為古今語境的變化，這些《論語》的註釋本，在今天已不容易為廣大青少年所讀懂。因此本書意圖以更加淺顯生動的語言，向青少年介紹這部中華文明史上最偉大的經典。並且根據青少年的學習特點，我們將《論語》中最為重要的內容分為兩冊，共計十個單元依次講解，也在每一則名言中準備了常用的成語和相關的知識。

　　《詩經·大雅·文王》中云：周雖舊邦，其命維新。希望本書的編寫，能幫助廣大學生汲古而知今。本書所選取的名言，不但有助於學生學習古文，有助於中文作文寫作，其中蘊含的深刻道理也對青少年的人生具有重要的指導意義。

目　錄

《論語》

名 句 學 一 學

仁心仁道

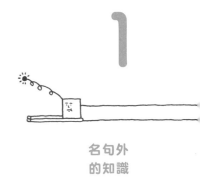

名句外
的知識

　　要做到「克己復禮，天下歸仁」，說容易很容易，因為「行仁由己」，自己能說了算。但克制自己潛意識中的慾望何其艱難，所以顏回問孔子具體怎麼做。孔子告訴他，讓自己的言行舉止都符合禮的要求，不符合禮的事情不看、不聽、不說、不做。比如有同學傳播小道消息，你聽了如果不再繼續傳播，那就做到了「非禮勿言」。有同學傳閱暴力、黃色的書刊，你不看，那就做到了「非禮勿視」。有的同學喜歡打架鬥毆，你不參與，就做到了「非禮勿動」。

　　你能從最容易做的事情開始做到「克己復禮」嗎？

1 名句中的成語

顏淵問仁。子曰：「克己復禮為仁。一日克己復禮[1]，天下歸仁焉。為仁由己，而由人乎哉？」顏淵曰：「請問其目。」子曰：「非禮勿視，非禮勿聽，非禮勿言，非禮勿動。」顏淵曰：「回雖不敏，請事斯語矣！」

《論語・顏淵》

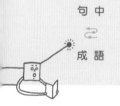

句中 ⇄ 成語

/ 克己復禮

成語 〰 釋義

1. 克己復禮 / 約束自己，使言行符合於禮。

　　(1) 克己 / 克制和約束自己的言行和私慾。

　　(2) 復禮 / 恢復古禮。

名句中
的道理 **1**

　　一天，顏回向孔子請教甚麼是仁。孔子說：「克制自己的慾望，使自己的言行都符合禮就是仁。一旦這樣做了，天下的人就會稱你為仁人。做到仁德要靠自己，難道還靠別人嗎？」

　　顏淵說：「請問修養仁德的具體內容有哪些？」孔子說：「不合乎禮的不去看，不合乎禮的不去聽，不合乎禮的不去說，不合乎禮的不去做。」顏回說：「我雖然不夠聰明，也要努力做到這些。」

　　同學們，克制自己的慾望，說起來容易做起來難啊！

2

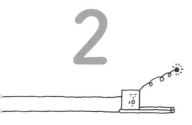

名句外
的知識

　　虞舜是上古時期的五帝之一，他從小就很孝敬
父親和繼母，友愛繼兄弟。舜的繼母常常在舜的父
親面前詆毀舜。舜的弟弟對舜傲慢無禮，甚至曾經
想要謀害兄長的性命。但舜對父母依舊恭敬孝順，
對弟弟也關心照顧，引導其改過自新。帝堯聽說舜
的孝行，將自己的女兒娥皇和女英嫁給舜。後來因
為舜的孝悌仁愛之心，堯把帝位禪讓給了舜，舜也
成為上古時期的明君。

名句中
的成語 **2**

有子曰：「其為人也孝弟（tì，通「悌」），而好犯上者，鮮矣；不好犯上，而好作亂[1]者，未之有也。君子務本，本立而道生。孝弟也者，其為仁之本與！」

《論語・學而》

/ 犯上作亂

句中

成語

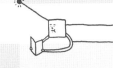

1. 犯上作亂／舊指冒犯長輩或上級，造反作亂。

成語

釋義

2 名句中的道理

　　有子，姓有名若，字子有，魯國人，後尊稱有子。因為品學兼優，孔子死後，他被孔門弟子推舉為師，帶領孔門學人繼續活動。他特別提倡孝道。他曾這樣說過：「一個平時孝順父母、敬愛兄長，卻喜歡冒犯上司的人，是很少見的；不喜歡冒犯上司，卻喜歡造反作亂的人，從來沒有。君子在根本上下功夫，根本建立，道也就產生了。孝順父母、敬愛兄長，這就是仁的根本吧！」有若認為一個孝敬父母、尊重兄長的孝敬之人很少會做出不忠於國家、不遵守法律的事。從老人的角度講，哪一個父母會讓自己的子女去做違法亂紀的事呢？

3

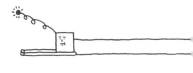

名句外
的知識

在《伊索寓言》中有一個狐狸和烏鴉的故事。烏鴉口中銜着一塊肉站在樹枝上，狐狸想得到那塊肉，就虛情假意地對烏鴉說：「你可真美呀！你的身材多麼優雅！你的面容多麼高貴！我敢肯定，你的歌聲一定和你的外表一樣美麗，其他鳥兒都比不上你！請為我唱一首歌吧！」烏鴉聽了，昂起頭呱呱大叫，口中的肉就掉了下來。狐狸馬上衝上去叼走了肉。狐狸就是靠「巧言」欺騙烏鴉的。

陳凱歌導演的電影《刺秦》中，嫪毐（lào ǎi）面對秦王、呂不韋時，總是畢恭畢敬，甚至表現出膽小如鼠的樣子，而實際上，他心硬如鐵，狠如蛇蠍，這就是「令色」。

一個人生活在世間，社會角色的差異會使一個人戴着不同的面具，面對甚麼人說甚麼話，這是人的社會性的必然表現。可是一個人如果巧舌如簧、混淆是非、專事諂媚，就喪失了做人的尊嚴。

3 名句中的成語

子曰：「巧言令色¹，鮮矣仁。」

《論語·學而》

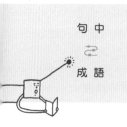

句中 ⇄ 成語

/ 巧言令色

成語 〰〰 釋義

1. 巧言令色 / 漂亮的言辭，偽善的面孔。指用花言巧語和假裝和善來討好別人。
   (1) 巧言 / 虛假動聽的話。
   (2) 令色 / 假裝和善的面容。

名句中
的道理 **3**

　　人都是愛聽好話的，花言巧語容易取悅於人。有的
人善於奉承，三兩句話就說得你心花怒放；有的人易於承
諾，「有求必應」，也讓你大意輕信，甚至心存感激。心口
不一，只會舌燦蓮花的人，為了一己私利，或拍馬逢迎，
或專給人戴高帽，這種人也許會受到一般人的歡迎，卻是
孔子很討厭的。孔子說：「花言巧語，面目偽善，這樣的人
是很少有仁德的。」我們要小心這樣的人，他可能轉過臉
來就說你的壞話，轉個身就把你所託的事情拋到了九霄雲
外。要想不被巧言令色所迷惑，就得對自己有一個清醒的
認識。

4

名句外
的知識

　　周瑜為難諸葛亮，要諸葛亮在十天之內造好十萬支箭，如果未能完成，便要對他處以軍法。諸葛亮算定了大霧之日，便借了魯肅二十隻船，船上紮滿稻草人，駛往曹營。曹操因為懷疑霧中有埋伏，不敢貿然出擊，便令士兵以弓箭射擊。等到稻草人身上扎滿了箭時，諸葛亮下令收兵，將滿船的箭帶了回來。

　　這便是草船借箭的故事。諸葛亮明知周瑜有意刁難他，但他卻沒有拒絕，反而是通過自己過人的膽識和聰明的才智，化險為夷。

　　同學們，聯繫孔子的話，我們能從諸葛亮身上學到甚麼？

名句中
的成語 **4**

宰我問曰:「仁者,雖告之曰,
『井有仁焉』。其從之也?[1]」子
曰:「何為其然也?君子可逝也,
不可陷也;可欺也,不可罔也。」

《論語 · 雍也》

/ 從井救人

句 中
⇄
成 語

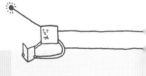

1. 從井救人 / 別人落井,自己跟着到井下去救他,原意是
指主觀願望雖好,但方法不對,既損害自己
又不能救助別人。

成 語
〰〰〰
釋 義

4 名句中的道理

　　孔子的弟子宰我實在調皮，上次大白天睡覺被老師大罵一通，「朽木難雕」「糞土之牆」的臭名無人不知，可宰我一點兒也不在意。這不，這次他又問老師一個怪問題：「對一個有仁德的人，告訴他『有一個人掉到井裏啦』，他會不會下去救呢？」孔子說：「為甚麼會這樣呢？君子可以走近井邊設法救人，但不會貿然跳進井裏。君子可能被欺騙，卻不可能被愚弄。」

　　孔子說完，不滿地看了宰我一眼，想責罵他幾句，但這次宰我沒有犯甚麼錯誤啊，不過是故意舉例來問問題而已，於是話到嘴邊又嚥了回去。宰我伸伸舌頭長舒了一口氣，慶幸沒挨罵。孔子忍俊不禁，轉身偷偷地笑了，心想：這個搗蛋的臭小子，肯定私下裏跟同學反覆討論過「仁」。顏淵問仁，司馬牛問仁，仲弓問仁，樊遲問仁，老師的回答各不相同，這次他懶得請教同樣的問題，乾脆問個絕的，想難倒老師。仁者如果跳到井中救人，那麼他就是個愚蠢的人；如果不救，那又怎麼算得上是仁者？老師總是把「仁」講得那麼美好，這次看他怎麼回答。孔子當然看穿了宰我的心思，明明白白地告訴他，君子愛人，如果真有人落水，一定會想辦法救，但不會跳到井裏，做那種沒有理智的傻事，因為君子是有志向、有修養、有理智的人，不會做無謂的犧牲。

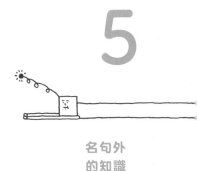

5

名句外
的知識

　　吳清亮 1927 年出生於新加坡，祖籍潮州市大吳村。他早年喪父，與母親相依為命。他少時聰穎好學，青年時與人合營油漆業，由於經營有方，成為數家集團公司的董事會主席。其屬下公司三百多家，分佈於世界數十個國家和地區。

　　他事母至孝，不忘祖國。1979 年，他率先回到北京投資近千萬元辦企業，又先後在天津、青島、海南等數十個省份與城市投資設廠辦企業。他給家鄉捐贈人民幣三千多萬元，用於基礎設施建設，修公路，建發電廠、水廠，使大吳村的面貌煥然一新。他還注重環境保護，把落後的村莊變成文明之鄉。同時，他熱心教育事業，捐建中學、小學、幼兒園。十多年來，他先後投資於家鄉教育事業達人民幣兩千多萬元。在吳清亮先生的大力幫助下，大吳村被評為廣東省文明村。1996 年 11 月，新加坡前總統黃金輝等親臨觀光。多年來，海內外慕名而來的參觀者絡繹不絕。

　　我們當前沒有能力像吳先生那樣「博施濟眾」，是不是就不能行仁了呢？我們應該怎樣行仁呢？

5 名句中的成語

子貢曰：「如有博施於民而能濟眾[1]，何如？可謂仁乎？」子曰：「何事於仁！必也聖乎！堯舜其猶病諸！夫仁者，己欲立而立人，己欲達而達人。能近取譬[2]，可謂仁之方也已。」

《論語・雍也》

句中	博施濟眾
成語	能近取譬

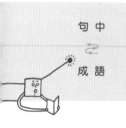

成語釋義	1. 博施濟眾 / 指廣泛地施予恩惠，接濟窮困的人，也作博施廣濟。
	2. 能近取譬 / 能就近以自身作比方，設身處地，推己及人。

名句中
的道理 5

　　有一次，子貢問孔子說：「如果有一個人廣泛地給人民施捨，並能周濟大眾，他怎麼樣呢？可以說是仁嗎？」孔子說：「何止是仁，那一定是聖了！連堯、舜都難以做到。所謂仁，就是自己想要有所建樹，就要幫助別人也有所建樹；自己想要通達，也要幫助別人通達。能設身處地從身邊的事情做起，可以說是達到仁的方法啊！」子貢聽了說：「我遠遠沒有做到啊！」

6

名句外
的知識

　　北宋翰林學士陳諤堯家裏有一匹惡馬。這馬性
情暴烈，見人非踢即咬，誰也無法駕馭。陳諤堯就
讓人把牠賣了。陳諤堯的父親知道了這件事，批評
陳諤堯說：「你手下那麼多人都制服不了這匹馬，
你賣給別人，別人就能制服牠嗎？你這是嫁禍於人
啊！」陳諤堯知道自己錯了，趕快派人將馬牽回，
從此這匹馬再也沒有被賣出。

　　同學們，請想一想在我們的生活當中，有哪些
事情可以做到己所不欲，勿施於人呢？

名句中
的成語 **6**

仲弓問仁。子曰：「出門如見大賓，使民如承大祭。己所不欲，勿施於人[1]。在邦無怨，在家無怨。」仲弓曰：「雍雖不敏，請事斯語矣！」

《論語・顏淵》

/ 己所不欲，勿施於人

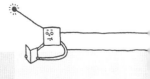

句中
⇄
成語

成語
⌒⌒⌒
釋義

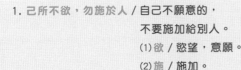

1. 己所不欲，勿施於人 / 自己不願意的，
　　不要施加給別人。
　　(1) 欲 / 慾望，意願。
　　(2) 施 / 施加。

6 名句中的道理

　　一次，仲弓問仁德是甚麼。孔子說：「出門到外面工作就好像去接見高貴的賓客一樣恭敬，役使老百姓就好像承辦重大的祭祀一樣嚴肅認真。自己不喜歡的，不要強加於別人。在朝廷沒有怨言，在家裏沒有怨言。」仲弓說：「我雖然不聰明，也要努力做到這些。」

　　前面，孔子對得到孔門道統真傳的顏回說，實行仁德要從內心修養克己復禮下手。這裏他告訴有王佐之才的仲弓（冉雍），實行仁德，要從做人做事下手。首先講待人處事的態度、修養，對任何一個人都要恭敬、有禮貌，不能輕慢任何一個人，包括普通老百姓。其次要寬以待人，歷史上偉大的思想家常會提出自己一生最扼要的心得，稱之為「金律」。孔子的金律就是一個「恕」字。「恕」字的結構是「如與心」，意指將心比心，設身處地地替他人着想，學會站在別人的角度思考問題，對自己嚴格些，對別人寬容些，這就是恕。我們每個人，心中都會有怨，怨別人、怨命運，如果做到嚴於律己、寬以待人，心中就不會對別人產生怨恨情緒。在邦無怨、在家無怨、心平氣和，一個人的修養就達到了高境界。

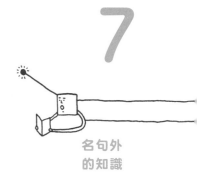

名句外
的知識

　　西漢權臣王莽，雖出身豪族，卻自幼生活貧寒。生活的困苦讓他迅速成熟，從那時起，王莽就十分在意自己的名聲。他待人恭敬，屈己下人，深得好評。王莽還耐心侍奉老母親和守寡的嫂子，主動撫養失去父親的姪子王光，這些事跡一度被傳為美談。王莽一時間聲名鵲起，並被封為新都侯。

　　王莽並沒有因此得意忘形，而是處事謹慎小心，態度較從前更為謙恭。王莽為了維護自己的名聲可謂用盡手段，甚至不惜殺死自己的親生兒子。漢哀帝去世，王莽漸漸掌握朝中大權，也開始露出自己的真正面目。他拋卻孝義，驅逐了叔父王立；他挾私報復，將得罪過他的大臣、武將一概撤職流放；他撕去忠直偽裝，逼迫漢帝退位，自己當上了皇帝。

　　從王莽的故事中我們可以看到，僅有名聲的「聞」，和真正正直賢良的「達」常常難以分辨。歷史上還有許多重要的人物，管仲、蘇秦、諸葛亮、朱熹、岳飛、文天祥、于謙等，你分析一下，他們是「聞」還是「達」呢？

7 名句中的成語

子張問：「士何如斯可謂之達矣？」子曰：「何哉，爾所謂達者？」子張對曰：「在邦必聞，在家必聞。」子曰：「是聞也，非達也。夫達也者，質直而好義，察言而觀色[1]，慮以下人。在邦必達，在家必達。夫聞也者，色取仁而行違，居之不疑[2]。在邦必聞，在家必聞。」

《論語‧顏淵》

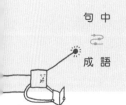

句中 ⇄ 成語	/ 察言觀色 / 居之不疑

| 成語 〜 釋義 | 1. 察言觀色／觀察別人的言語表情，揣摩對方的心意。
（1）察／細看。
2. 居之不疑／指對處境心安理得，不存疑慮。 |

名句中
的道理 **7**

有一次，子張問孔子：「老師，讀書人要怎樣做才可以稱為通達？」孔子沒有急着回答，反而問子張：「你說的通達是甚麼意思？」子張回答說：「在諸侯國中做官時一定有名望，在大夫手下工作時一定有名望。」孔子思索了一會兒，對子張說：「你說的僅僅是有名望，但並不是通達。真正的通達是：為人品行正直而愛好行義，善於觀看他人的言語表情，常常考慮如何謙虛待人。這樣的人，在諸侯之國做官一定通達，在大夫之家任職也一定通達。至於成名的人，表面上似乎愛好仁德，實際行為卻不如此，可是自己竟以仁人自居而不懷疑。這種人，做官的時候一定會騙取名望，在大夫之家工作時也一定騙取名望。」子張聽了，受到了啟發。

在這裏，子張分不清「聞」和「達」的意思，孔子不愧是高明的老師，所以反問他一句，原來子張把「聞」當成了「達」。「聞」就是浪得虛名，外表風光，內心空虛。孔子告訴子張，這樣的人是「聞人」而不是「達人」。有的「聞人」為了取得名聲，言行不一、表裏不一、心口不一，他們的生活目標已偏離了正道。

達人是賢達之人。他們的名聲不是自己吹出來的，不是想方設法捧出來的，而是因為他們有道德、有學問，在社會上的確是眾望所歸。甚麼是達人呢？孔子認為：第一是本質正直，沒有歪曲的心思，做人做事，不用手段，不用權術。第二是慷慨好義。第三是善於「察言觀色」。這個詞在孔子的話中是褒義的，是有眼光，有智慧，有先見之明。第四就是「慮以下人」，自己雖然有先見之明，但並沒有覺得自己了不起，對別人很謙虛、平和，就是面對平庸、笨拙之人，也絕不輕視。

8

名句外
的知識

　　北朝時期，元暉到河南做官。他在任職期間，大力
提拔楊機，把當地的政務全部交給楊機去處理，而自己退
居幕後。有人勸誡他說：「處理政務是你這個父母官的事
情，可是你卻全權委託給楊機去做，老百姓怎麼會信服你
呢？」元暉回答說：「真正的君子把全部的辛勞放在尋求
有才德的人上，找到賢德之士之後，就不用再辛辛苦苦地
親力親為了。把有才能的人放在合適的位置上，放手讓他
去做事情就可以了。我既然已經找到了可用之材楊機，為
甚麼不讓楊機充分地發揮自己的才能呢？讓楊機處理政務
又有何不可呢？況且，為民做事，只需要所做的事情得到
百姓的信服即可，誰做的又有甚麼關係呢？」這就是「舉
直錯諸枉，則民服」，舉能人以治事，舉賢德以服眾。

　　而唐朝武則天時期有一酷吏叫來俊臣。此人心性邪

名句外
的知識

惡，天性殘忍，因為惡意告發別人被武則天利用打擊異己，升為侍御史，專門負責審理朝廷欽犯。稍有和他意見相左的人，就被他羅織罪名打擊陷害。在審理案件的過程中，來俊臣總是絞盡腦汁想出各種令人髮指的酷刑折磨犯人。將活人放進甕中用火烤，「請君入甕」的典故就是來自於他。很多時候，犯人因為實在忍受不了酷刑煎熬，或屈打成招，或自殺身亡。一些正直的大臣也不能倖免，丞相狄仁傑及一些封疆大吏都被他折磨過。來俊臣的惡行最終引起了朝廷官員的極度不滿，導致民怨沸騰。武則天後來將其殺死，憤怒的百姓毀其屍身以泄憤，後來趕到的人無法毀其屍身泄憤，就騎着馬踐踏剩下的幾根骨頭。這反映的就是「舉枉錯諸直，則民不服」的道理。小人當道，就會導致民怨沸騰。

8 名句中的成語

哀公問曰：「何為則民服？」
孔子對曰：「舉直錯諸枉[1]，
則民服；舉枉錯諸直[2]，則
民不服。」

《論語・為政》

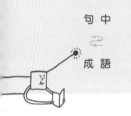

句中
成語

/ 舉直錯枉

/ 舉枉錯直

成語
釋義

1. 舉直錯枉 / 起用正人君子，廢置邪惡小人，指用人得
　　當，也作舉直措枉。
　　(1) 舉 / 起用。
　　(2) 錯 / 通「措」，廢棄。
　　(3) 枉 / 不正直，邪惡。
2. 舉枉錯直 / 起用邪惡小人，棄置正直的人。

　　孔子經過了十四年的奔波，終於在他六十八歲的時候，回到了自己的家鄉魯國。魯哀公向孔子請教，問道：「要怎樣做才能讓老百姓服從呢？」孔子回答說：「提拔使用正直的人，廢棄不正派的人，老百姓就服從了。要是把不正直的人提拔起來，而棄置那些品行正直的人，百姓就不服了。」

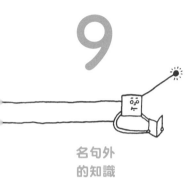

9

名句外
的知識

　　管仲的一生充滿傳奇，功績卓著，他扶助齊桓公九合諸侯、一匡天下、尊王攘夷，開創了自周統一以來，中原少有的安定團結局面。管仲當政期間，提出了「倉廩實而知禮節，衣食足而知榮辱」的觀點，實行了經濟改革和軍事改革，使齊國的勢力得到很大提高。

　　另外，他針對周王室日益衰落，周邊少數民族不斷向中原擴張的情況，提出了「尊王攘夷」的口號。當時，中原各國一旦遇到危險，就請齊國幫忙。公元前 663 年，北方的燕國向齊國求援，齊桓公應燕國的要求，出兵攻打入侵燕國的山戎，之後，邢國也遭到少數民族部落狄人的侵擾，齊國不但出兵趕走了狄人，還幫助邢國修築了城牆。狄人

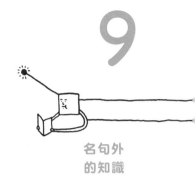

名句外
的知識

轉向欺負弱小的衛國,齊國於是搭救衛國。在管仲
的輔助下,齊桓公的威望越來越高,他跟各路諸侯
多次組織大規模的會盟,這就是「九合諸侯」。

　　管仲輔佐齊桓公保衛了中原地區的安定,維護
了周王室的地位,使天下得到匡正,所以孔子雖然
批評過管仲的生活不檢點,卻讚美管仲對歷史、對
社會、對人民的貢獻,認為管仲是個「仁」人。孔
夫子對人的評價,很少使用「仁」字,可見對管仲
的評價極高。我們從中看出孔子並不是一個呆板、
迂腐的書呆子,而是一個愛憎分明的人,更是一個
非常可愛的老頭。

9 名句中的成語

子貢曰：「管仲非仁者與？桓公殺公子糾，不能死，又相之。」子曰：「管仲相桓公，霸諸侯，一匡天下[1、2]，民到於今受其賜。微管仲，吾其被（通「披」）髮左衽[3]矣！豈若匹夫匹婦[4]之為諒也，自經於溝瀆，而莫之知也！」

《論語‧憲問》

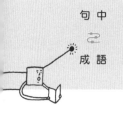

| 句中
成語 | ╱ 一匡天下　╱ 九合一匡
╱ 被髮左衽　╱ 匹夫匹婦 |

成語釋義

1. **一匡天下** ╱ 糾正混亂的局勢，使天下安定，後引申為統一天下。
   (1) 匡 ╱ 匡正，糾正。
   (2) 天下 ╱ 原指天子統治的地方，即整個中國。
2. **九合一匡** ╱ 「九合諸侯，一匡天下」的簡稱，原來指春秋時期齊桓公多次會盟諸侯，稱霸主，使混亂的政局得以安定，後來指卓越的治國才能。
3. **被髮左衽** ╱ 指像某些少數民族一樣處於落後的狀態。
   (1) 被 ╱ 同「披」。被髮，披散着頭髮。
   (2) 衽 ╱ 衣襟。左衽，衣襟向左掩，一般為古代某些少數民族的服飾。
4. **匹夫匹婦** ╱ 指平民，也泛指普通人。

名句中
的道理 **9**

　　有一次，孔子與弟子子路、子貢討論起仁德來。子路說：「從前齊桓公和哥哥公子糾是爭奪王位的政敵。齊桓公殺死了公子糾，公子糾的師傅召忽因此自殺。但是另一位師傅管仲卻苟活下來，這樣看來管仲該不算有仁德的吧！」

　　孔子說：「不能這麼說，管仲是有仁德的。他使齊國強大起來，齊桓公多次主持諸侯國之間的盟會，都是依靠管仲的力量，這就是管仲的仁德啊⋯⋯」

　　子貢不贊成老師的看法，他說：「管仲怎麼會是仁人呢？公子糾被齊桓公殺死，作為師傅的管仲按禮節應該以身殉難，可他非但不死，反而去輔佐主人的政敵齊桓公，還貪圖富貴做了宰相。」

　　孔子耐心地向弟子解釋說：「只盯着小節、小信看一個人是不行的呀！沒有管仲，齊國怎麼會強盛？管仲輔佐齊桓公，使他稱霸於諸侯，天下的一切都得到匡正，人們至今還在追念他的恩澤呢！假如沒有管仲，我們可能會被異族統治，披散着頭髮，衣襟向左邊掩，淪為野蠻的夷狄了。這樣大智大勇的人，難道讓他為了個人的名節在小山溝裏上吊自殺而淹沒了他經天緯地的才華嗎？」

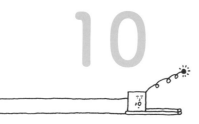

名句外
的知識

　　歷史上趙氏孤兒的故事，展示了志士仁人殺身成仁的精髓。當時朝中大臣屠岸賈要滅掉趙朔一族。韓厥勸趙朔逃跑，趙朔不從，並託付韓厥「不絕趙祀」。後來，趙氏被滅族，唯有一嬰兒趙武被趙朔門客公孫杵臼及其朋友程嬰所救。公孫杵臼和程嬰謀劃，一方面，李代桃僵，以程嬰的兒子假代趙武；另一方面，程嬰背負賣主求榮的罵名，向官府告發公孫杵臼和假趙武的藏身之地，保全自己和真趙武。公孫杵臼殺身成仁和假趙武同期赴死以作掩護。程嬰忍辱負重撫養趙武長大，經韓厥從中斡旋，朝廷最終為趙家平反。韓厥見機行事、公孫杵臼殺身成仁、程嬰忍辱負重，他們三人都是為了保全忠臣的後代，這個感天動地的故事被千古傳唱。

　　同學們，你們還知道哪些殺身成仁的故事？講給大家聽聽吧！

名句中
的成語 **10**

子曰:「志士仁人¹,無求生以害仁,有殺身以成仁²。」

《論語・衛靈公》

	句中
/仁人志士	
/殺身成仁	成 語

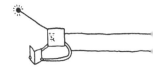

1. 仁人志士/指有志向、有抱負、有獻身精神的人。
2. 殺身成仁/原指不惜捨棄自己的生命以成全仁德,後泛指犧牲自己的生命,以維護正義事業。
   (1) 成/成全。
   (2) 仁/仁愛,儒家道德的最高準則。

成 語

釋 義

10 名句中的道理

　　孔子說：「遵循道義和仁德的人，不會為保住性命而損害仁德，只有為仁德而勇敢犧牲。」按照孔子的說法，志士仁人把仁德看得比生命還重要，不會幹出為了保全性命而捨棄仁德的事，只會犧牲自身以成就仁德。「仁」是儒家的最高道德準則，為了「仁」，為了正義的事業，仁人志士可以殺身成仁。

　　同學們，「殺身」是為了「成仁」，「捨身」是為了「取義」。那些殘害無辜的恐怖分子「人肉炸彈」雖然也「殺身」，但並不「成仁」，而為人所唾罵，所痛恨。犧牲是否有價值，就在於為之犧牲的事情是否是正義的。留下「粉骨碎身渾不怕，要留清白在人間」豪言壯語的于謙是為了社稷百姓和民族大義而「捨身」；留下「我自橫刀向天笑，去留肝膽兩崑崙」悲歌的譚嗣同為了變法強國而「殺身」；抗日戰爭中，中國士兵浴血奮戰是為了爭取民族獨立而「捨身」……這些都是殺身成仁的典範。

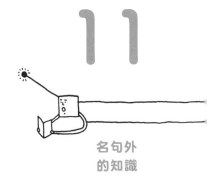

名句外
的知識

　　有則寓言故事，說的是有一隻野豬，牠的牙齒長得太長了，便到一棵大樹旁邊磨牙。一隻狐狸路過，好奇地問道：「喂，朋友，現在這裏很安全，既沒有獵人，也沒有獵狗，你為甚麼要磨牙呢？真可笑！」野豬笑了笑，回答道：「現在是安全的，但是一旦危險降臨時，哪裏還有時間磨牙呢？」狐狸雖然覺得野豬說得有道理，但是牠並沒有照着去做，還是整天吃喝玩樂。沒過多久，野豬和狐狸同時遇到危險。狐狸拔腿就跑，而野豬毫無畏懼地露出牠鋒利的牙齒，嚇跑了敵人。

　　野豬因為平時不斷打磨自己的武器，所以在面對危險的時候能夠從容不迫。這則寓言故事啟示我們，沒有平時不懈的努力和充足的準備，在面對困難的時候就會像狐狸那樣手足無措，只有先「利其器」，才能在這個時候游刃有餘。

11 名句中的成語

子貢問為仁。子曰：「工欲善其事，必先利其器[1]。居是邦也，事其大夫之賢者，友其士之仁者。」

《論語‧衛靈公》

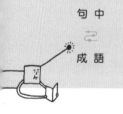

句中
成語

/ 工欲善其事，必先利其器

成語
釋義

1. **工欲善其事，必先利其器** / 工匠要想做好他的工作，一定先要使他的工具精良，也泛指事先準備好工作的用具。
   (1) 利 / 鋒利。
   (2) 器 / 工具。

名句中
的道理 **11**

一天，子貢向老師請教：「老師，仁德一定很難得到吧？我們應當怎樣去培養它呢？」孔子說：「培養仁德可以從頭做起，比如說，工匠要做好他的活計，一定要先有得心應手的工具。對於一個國家來說，就要敬奉賢良的官吏，對於自己來說，就結交那些仁愛的讀書人。這樣就可以培養起仁德了。」工匠做工和品德修養怎麼會聯繫在一起呢？原來是，工匠在做工前打磨好工具，操作起來就能得心應手，就能達到事半功倍的效果。思想品德修養也是一樣，選擇與品德高尚的人交往，與他們做朋友，受他們的影響、熏陶，自己的思想境界和道德修養就會潛移默化地得到提升。「工欲善其事，必先利其器」也因此成為千古名句，意思是要想把事情做得更好，就得先做好各項準備工作。

孔子強調工具的重要性，孟子也強調工具的重要性。孟子說過，黃帝時期的離婁眼力極佳，就算是百步之外的細小物件，也逃不過他的法眼；魯國工匠公輸班手藝精巧，曾為楚惠王製作雲梯來攻打宋國。但這兩人空有奇佳的眼力，或高超的工藝技巧，沒有工具的輔助，也不足以成就事物的完美。

「工欲善其事，必先利其器」，喜歡戶外爬山運動的人，需要有好的裝備；要想拍出美觀的照片，需要有好的照相機；要想讓電腦更好地為我所用，就需要安裝各種軟件……同學們，在你的生活中，為了做好某一件事情，你做了哪些準備呢？你的人生理想是甚麼呢？要想讓你的理想之帆到達彼岸，又要從哪些方面做好準備呢？

12

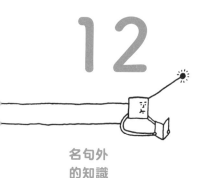

名句外
的知識

　　白起出身行伍，從小卒開始，屢建奇功。他為人謙虛謹慎，並給自己定了規矩：憑軍功一次只升一級。其實他的能力早已超越了他的職位。秦昭王繼位之初，時局未穩，六國聯合發起進攻，企圖一舉消滅秦國。當時，白起的軍銜僅僅是「左更」，還沒有統率全軍的資格。邦國存亡關頭，秦國君臣聚在一起商議對策。忽然有人來報：「左更白起昏倒在宮門口。」原來白起連夜去函谷關探察敵情，並趕回來報告，過於勞累才會昏倒。待他清醒過來，秦昭王和太后感動地對他說：「白起，大家都希望你率軍迎戰，你意下如何？」白起愣了一下，說：「末將以為：丞相統軍，白起力戰，朝野可以心安。」太后卻說：「我覺得只有山鄉庶民才懷疑你的能力，我們都信任你，你只管放開手腳去打。」白起於是慨然受命：「您信任白起，白起自當赴湯蹈火，死不旋踵（zhǒng）！」之後白起果然不負眾望，取得了輝煌的勝利。

12

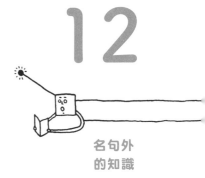

白起在國家存亡之際，沒有固守自己的規矩，而是當仁不讓地承擔起了責任，顯示了他的自信和對責任的擔當。

　　清末的康有為、梁啟超是關係十分親密的師生。兩人聯合發動了「維新運動」，並稱「康梁」。維新變法失敗後，兩人一起逃往日本。之後兩人的政治立場漸漸有了分歧，師傅康有為繼續鼓吹維新變法，堅持保皇保教，反對革命，而梁啟超則由保皇轉向革命。「中華民國」成立後，康有為積極謀求復辟帝制。1917 年，康有為聯合統帥「辮子軍」的張勳，請溥儀重新登基當皇帝，史稱「張勳復辟」。而梁啟超則堅決維護民主共和，並參加武力討伐，他還以個人名義發出反對的電報。有人擔心這會破壞師生情誼，但梁啟超只說：「政治主張則不妨各異，吾不能與吾師共為國家罪人也。」這正如亞里士多德所說：「吾愛吾師，吾更愛真理。」也恰與孔子「當仁不讓於師」的理念相呼應。

12 名句中的成語

子曰：「當仁，不讓[1] 於師。」

《論語・衛靈公》

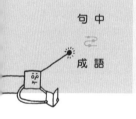

| 句中成語 | / 當仁不讓 |

| 成語釋義 | 1. 當仁不讓／面對合乎道義的事絕不退讓，現泛指遇到應該做的事情，就要主動積極地去做，絕不推讓。
(1) 當／面對。
(2) 仁／合乎道義的事。 |

名句中
的道理 12

　　一日為師，終身為父，尊師重教是中國的傳統美德。但這種尊重不能是盲目的，當老師的言行符合仁德時，學生當然應該尊重老師；當老師的言行不符合仁德時，就要勇敢地提出。有一次，孔子對學生說：「面對仁德，就是對老師也不能謙讓。」後來這句話簡化為「當仁不讓」，意思擴大為面對應該做的事就要勇於承擔而不退讓。

13

**名句外
的知識**

　　一代儒學大師董仲舒就是「博學篤志」之人。他從小立志為實現孔子「安老懷少」的理想而努力。為此，從小天資聰穎的董仲舒勤奮學習，讀起書來常常忘記吃飯和睡覺。他的父親為了讓他能休息一下，在他的書房後面建造了一座花園，希望他有機會去花園散散心，休息一下。小朋友們在假山上攀上爬下，處處迴蕩着歡歌笑語，他卻整天鑽在書房裏，甚麼事情也不過問，吃的、穿的也不像別人那麼講究。董仲舒學習刻苦，三年之中竟沒有踏進過那個花園一步。所以後人說他「三年不窺園」。隨着年齡的增長，他的求知慾越發強烈，遍讀了儒家、道家、法家等各家書籍，終於成為令人敬仰的儒學大師，為百姓做了許多好事。

子夏曰：「博學而篤志[1]，切
問而近思，仁在其中矣。」

《論語・子張》

/ 博學篤志

句 中

成 語

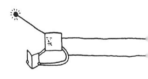

1. 博學篤志 / 一心一意廣泛學習而意志堅定。

　　(1) 篤 / 忠實。

成 語

釋 義

13 名句中的道理

　　子夏說：「廣泛學習，志向堅定，對社會現實懇切地發問，對當下的問題進行思考，仁德就在這中間了。」學識不廣泛，就會孤陋寡聞，看問題就容易偏激、片面；志向不堅定，就會產生懈怠，使人喪失上進之心。既要多問問題，又不要好高騖遠、不切實際地空想，而是要多想當前的事情，與自己的實際情況密切相關的事情。「博學而篤志，切問而近思」真應該成為一切學者的座右銘。

　　復旦大學就把「博學而篤志，切問而近思」作為校訓，刻在碑上，立於校園之內，以激勵莘莘學子。前一句講做人，要求學生要有廣博的知識，做人和做學問都要立志，而且要志向專一，不能朝秦暮楚、見異思遷，要堅韌不拔、奮鬥到底。後一句講做學問。所謂「切問」，就是經常問，而且要問得中肯；所謂「近思」，就是把問題放在腦子裏經常思考，關心現實，關心民生疾苦。「博學而篤志，切問而近思」的校訓是復旦許多學生一生的座右銘。

14

名句外
的知識

隋代人房彥謙因政績突出升職很快。他本來就家境富裕，又加上他先後幾十年為官的俸祿，日子過得非常舒心。然而，他常常把多餘的錢財用來救濟比較貧困的親戚朋友。後來，家裏的錢財被耗盡了，日常乘用的車子、穿的衣服、吃的飯菜也變得很粗劣了。從風華正茂到白髮蒼蒼，房彥謙一言一行都沒有違背君子的準則。雖然後來家裏一無所有，但他仍舊怡然自得。他曾經從容地對兒子房玄齡說：「別人都是因為有俸祿而富裕，我卻是因為當官而貧窮。所以我能留給子孫的，唯有『清白』二字罷了。」房玄齡正是繼承祖訓，最終成為一代名相，演繹了「清白」的價值。

同學們，房彥謙在富貴、貧賤時離開「仁」了嗎？拒絕接受不合道義的富貴，拒絕用不正當的手段擺脫貧賤，你知道這樣的君子嗎？

14 名句中的成語

子曰：「富與貴，是人之所欲也，不以其道得之，不處也。貧與賤，是人之所惡（wù）也，不以其道得之，不去也。君子去仁，惡乎成名？君子無終食之間違仁，造次必於是，顛沛[1、2]必於是。」

《論語‧里仁》

句中	/ 造次顛沛
⇄ 成 語	/ 顛沛流離

成 語 〜〜〜 釋 義	1. 造次顛沛 / 形容流離困頓。
	(1)造次 / 倉促、緊迫。
	2. 顛沛流離 / 動盪不安，居無定所，困頓窘迫。
	(1)顛沛 / 跌倒，比喻窮困。
	(2)流離 / 離散、流落。

名句中
的道理 14

　　一次，孔子教育學生說：「富有與顯貴是人人都想要
得到的，但不用正當的方法來獲得，君子是不接受的。窮
困與貧賤是人人都厭棄的，不用正當的手段擺脫它，君子
也是不接受的。君子如果放棄了仁德，又怎麼能稱為君子
呢？君子不會有片刻背離仁德，即使是倉促、急迫的時刻
也必定謹記守仁行德，縱使在生活窮困的境地也一樣固守
仁德。」

　　財富與高貴的社會地位是人人都嚮往的，要得到這些
東西，不僅要有個人的努力，其間還有激烈的競爭，而重
要的是要以君子之爭來獲得。通過光明磊落的君子之爭，
不僅得到者處之泰然，而且對整個社會風氣的改變也有好
處。

15

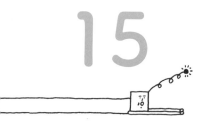

名句外
的知識

　　1977 年出生的法國女子莫德・豐特諾伊是一位航海愛好者，她對大海有着強烈的熱愛與迷戀。她曾經獨自駕駛無動力遊艇，划行 73 天，穿越太平洋，成為第一位單人划船橫渡太平洋的女性。

　　2009 年，莫德再次駕駛帆船，準備橫渡大西洋。令人震驚的是，莫德竟然帶着自己剛滿 7 個月的兒子一同出海。航行途中，他們遇到了風暴，在狂風巨浪中，帆船劇烈搖擺顛簸，莫德沉着操控，小船在波濤峯谷間艱難行進，終於渡過難關；他們遇到了鯊魚羣，憑藉勇氣和智慧，莫德勝利把鯊魚擊退。最終，母子倆經受住了一場場嚴酷的考驗，堅持了下來，完成了一個似乎不可能完成的任務。

　　很多人都會有環遊世界的夢想，但大多數人都會覺得心有餘而力不足，終其一生都沒有實現。莫德的故事至少告訴我們，只要對夢想有堅定的追求，就能創造奇跡。你們的夢想又是甚麼？

子曰：「我未見好仁者，惡不仁者。好仁者，無以尚之；惡不仁者，其為仁矣，不使不仁者加乎其身。有能一日用其力於仁矣乎？我未見力不足者。蓋有之矣，我未見也。[1]」

《論語・里仁》

/ 心有餘而力不足

句中
⇄
成語

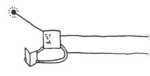

1. 心有餘而力不足 / 心裏非常想做，可是力量不夠，或指心裏有某種願望，但沒有足夠的力量去實現，也可以是不肯出力、婉言拒絕的託詞。

成　語
〰〰〰
釋　義

15 名句中的道理

　　孔子希望能以仁政治理國家。他說，只有仁德的人，才有能力、有資格喜愛一個人、憎惡一個人。可是，他的學生冉求就當面告訴過他，他不是不喜歡仁德，而是力量不足，所以做不到。孔子說：「我沒見過愛好仁德的人，也不曾見過厭惡不仁的人。愛好仁德的人，會覺得沒有甚麼能勝過仁；厭惡不仁的人，會樂於實行仁德，不讓不仁德的東西影響自己。有人肯花一日之力用在仁上嗎？我還沒見過力量不夠的。這樣的人大概會有，我沒見過。」

　　孔子曾說「君子無終食之間違仁，造次必於是，顛沛必於是」，讓人覺得做到「仁」是很難的事情。行仁難嗎？這一章他說「我未見力不足者」，沒見過力量不夠的，就是每個人都有力量行仁了。「為仁由己」，一個人想行仁，就可以成為仁人，但為甚麼「愛好仁德的人」和「厭惡不仁的人」孔子都沒有見過，也就是沒有了？既然都有力量行仁，為甚麼沒有仁人呢？就連「拿一天的時間用於實行仁德的人」都是鳳毛麟角。孔子的話是不是自相矛盾呢？

其實，孔子的話是針對那個動盪的社會說的。春秋末期，社會風氣每況愈下，人們認為行仁和拒絕不仁都是迂腐而不切實際的事情，所以孔子四處碰壁，無法實現自己的理想。但孔子倍受打擊之後，還是堅信只要自覺努力，完全可以達到「仁」的境界。儒家那種知其不可而為之的擔當精神在這裏表現得淋漓盡致。

你認為，孔子談到「心有餘而力不足」時對弟子冉求是甚麼態度？你如果是孔子，會對自以為「力不足也」的冉求說甚麼？

16

名句外
的知識

　　「求仁而得仁」常引申為無怨無悔的作為，或等同於「捨生取義」「義無反顧」。「戊戌六君子」中的譚嗣同之死便屬於「求仁得仁」精神的體現。清朝末年，列強侵略中國。為拯救民族危亡，也為了鞏固清朝的統治，光緒皇帝提拔譚嗣同等年輕書生為官進行變法維新，想達到國富民強的目的。不料，因此而被慈禧太后等守舊派所忌恨，他們利用手中的權力發動政變，導致維新運動最終失敗。譚嗣同本可以逃脫朝廷的逮捕，但他卻不走，並表示要用自己的血喚醒國人的愛國意識。他壯烈獻身，慷慨就義。正是他這種捨生取義的精神，激勵了後代學子為拯救民族危亡前仆後繼。

　　「求仁得仁」是一種對於理想、目標的堅定信念，並甘願為此付出生命的代價。同學們，對於我們的理想，我們是否也像他們一樣堅定不移呢？

冉有曰：「夫子為（wèi，幫助）衛君乎？」
子貢曰：「諾。吾將問之。」入，曰：「伯
夷、叔齊何人也？」曰：「古之賢人也。」
曰：「怨乎？」曰：「求仁而得仁[1]，又何
怨？」出，曰：「夫子不為也。」

《論語・述而》

/ 求仁得仁

句中

⇄

成語

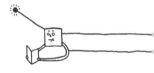

1. 求仁得仁 / 原指孔子讚揚伯夷、叔齊互讓君位達到了
　　「仁」的境界，說他們求仁德便得到了仁
　　德，後用以表示如願以償的意思。
　　(1)仁 / 仁德，儒家的一種道德規範。

成　語

〰〰

釋　義

16 名句中的道理

　　孔子住在衞國的時候，衞國的國君是衞靈公的孫子衞出公蒯輒（kuài zhé），他父親蒯聵（kuì），曾因得罪衞靈公而避難到晉國。靈公死後，衞國人立蒯輒為國君。而晉國人卻送蒯聵回國，藉以侵略衞國。衞國人奮力抵抗晉兵，形成父子爭奪王位的局面。

　　這天，孔子的弟子們又討論起問題來，冉有問：「老師會幫助衞君嗎？」子貢說：「我去問他。」走進孔子屋裏，子貢問：「伯夷、叔齊是甚麼樣的人？」孔子說：「他們是古代的聖賢。」「他們是古代的聖賢卻被餓死了，難道他們就沒有甚麼怨言嗎？」孔子說：「他們追求仁德最終得到仁德，他們又有甚麼可抱怨的呢？」子貢出來後，說：「老師是不會幫助衞君的。」

　　孔子師徒的這段對話實在有些讓人莫名其妙，子貢不直接向老師詢問對衞國君主的態度，卻問古人伯夷、叔齊的事，最後得出老師對衞君的態度。

　　子貢通過問伯夷、叔齊是何等人，來試探孔子對當時衞國「父子爭位」的看法。孔子贊成伯夷、叔齊相互推讓，認為他們的行為合乎禮，當然反對蒯聵、蒯輒父子相爭，認為他們的行為不符合禮。

小練習，
做一做！

學習了本單元的名句，你知道它們當中成語的意思嗎？瞭解這些成語的用法嗎？

下面有一些小練習，來試試看吧！

A. 請根據前面學到的成語意思，把正確的成語答案填寫在空格內。

1. 漂亮的言辭，偽善的面孔。指用花言巧語和假裝和善來討好別人。
  (   )
2. 約束自己，使言行符合於禮。(   )
3. 原意是指主觀願望雖好，但方法不對，既損害自己又不能救助別人。
  (   )
4. 自己不願意的，不要施加給別人。(   )
5. 能就近以自身作比方，設身處地，推己及人。(   )
6. 指廣泛地施予恩惠，接濟窮困的人。(   )
7. 指對處境心安理得，不存疑慮。(   )
8. 原指不惜捨棄自己的生命以成全仁德，後泛指犧牲自己的生命，以維
  護正義事業。(   )
9. 糾正混亂的局勢，使天下安定，後引申為統一天下。(   )
10. 一心一意廣泛學習而意志堅定。(   )
11. 工匠要想做好他的工作，一定先要使他的工具精良，也泛指事先準
   備好工作的用具。(   )
12. 面對合乎道義的事絕不退讓，現泛指遇到應該做的事情，就要主動
   積極地去做，絕不推讓。(   )
13. 心裏非常想做，可是力量不夠，或指心裏有某種願望，但沒有足夠的
   力量去實現，也可以是不肯出力、婉言拒絕的託詞。(   )
14. 動盪不安，居無定所，困頓窘迫。(   )
15. 求仁德便得到了仁德，後用以表示如願以償的意思。(   )

B. 以下來自於本單元的成語，皆有一處或者幾處錯誤，請在空格內改正。

1. 被發左任   (   )
2. 察顏觀色   (   )
3. 克己複禮   (   )

孝敬父母

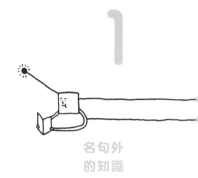

　　王裒（póu）是魏晉時期的營陵人，他博學多才，並且十分孝順。他的父親在朝廷為官，有一次因仗義執言得罪了當時的皇帝晉文帝，晉文帝非常生氣，一怒之下就把王裒的父親推出去斬了。父親如此冤屈而死，王裒非常難過。他因此終身不再面向西坐，以表示不為晉朝之臣。朝廷屢屢徵召他出來為官，可是王裒面對金錢名利的誘惑，始終都不為所動。

　　父親去世後，王裒在母親的撫育下漸漸長大。他對母親百般孝順，只要是母親的事情就親力親為，體貼入微。很多年以後，王裒的母親久病不治，溘然長逝。他悲痛萬分，將父母合葬一處，虔誠恭謹地守喪盡孝，每天早晚，都到墓前祭奠。他惦記着母親怕雷的事情，每當颳風下雨的天氣，一聽到轟

1

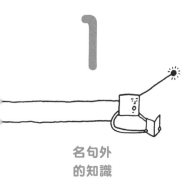

名句外
的知識

隆隆的雷聲，便狂奔到父母的墓地，跪拜着哭訴說：「裒兒在這裏，母親不要害怕！」他也經常倚靠着墓前的柏樹號啕大哭，眼淚滴到柏樹上，柏樹都被哭死了。可見一個人孝心孝行的力量有多麼的偉大！

王裒的孝行不僅僅體現在追憶逝去的雙親，更重要的是繼承了他們身上那種正直、忠義的品質。

我們都知道黃帝是我們中華民族的祖先，我國每年都要在黃帝陵舉行隆重的祭典。世界各地的華人都會千里迢迢回國參加祭典。我們國家為甚麼這麼重視對黃帝的祭祀呢？

曾子曰：「慎終追遠[1]，民德歸厚矣。」

《論語・學而》

/ 慎終追遠

句中
成語

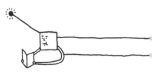

1. 慎終追遠／慎重地辦理父母的喪事，誠心誠意地祭祀祖
先。也指謹慎從事，追念前賢。

成　語

釋　義

1 名句中的道理

　　曾參，字子輿，後世尊稱曾子，魯國南武城人，出身平民。其父曾點是孔子辦學前期的學生。曾參小孔子四十六歲，是孔子晚年的學生。曾參為人魯鈍，但因為勤奮好學而成就突出。孔子亡故後，他收徒講學，成為戰國前期的儒學大師。

　　曾參對老師的教導身體力行，重視自我修養，在學習上特別虛心，時時注意待人接物之道。他特別孝順，所以深得老師的喜愛。有一次，同學們圍着曾參聊了起來，大家你一言我一語地誇獎他，對他每天多次反省自己的做法，尤為讚賞。曾參卻謙虛地說：「我的德行修養還不夠，我聽先哲們講過，要謹慎地對待死亡，追念遠代的祖先，大家都能這樣做下去，社會風氣才會變得真誠、篤實，不會像現在這樣淺薄……」曾參的話傳到孔子耳中，孔子更是把他視為得意弟子。

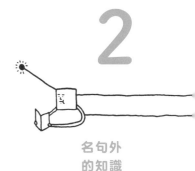

　　曾點和他的兒子曾參都是孔子的學生。曾點老了，曾參主持家業，每頓飯都給父親準備酒和肉。父親吃過後，曾參一定要請示，剩下的飯菜給誰；要是父親問這些東西家裏是否還有，曾參為了讓他放心享用美食，一定說有。

　　曾參的兒子叫曾元，曾參老了，曾元主持家業。曾元奉養曾參，每頓飯一樣有酒有肉。然而，在曾參用過飯將要撤下時，曾元根本不請示剩下的飯菜給誰；如果曾參問這東西還有沒有，曾元就說沒有了，他之所以這樣回答，是想把剩菜留下來，下頓飯再給父親吃。

　　你評價一下曾參、曾元，誰是孝順的兒子？

2 名句中 的成語

子游問孝。子曰:「今之孝者，是謂能養。至於犬馬，皆能有養[1]；不敬，何以別乎？」

《論語·為政》

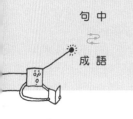

句中
成語

/ 犬馬之養

成語
釋義

1. 犬馬之養 / 形容僅能供養父母而不存孝敬之心。

一次，子游問孝道。孔子說：「如今所謂的孝，只是說能夠養活父母便行了。連狗和馬，都能夠得到飼養，若不存恭敬之心的話，那養活父母和飼養狗馬又有甚麼區別呢？」

儒家所說的孝，不僅僅是養活父母。在他們看來，如果僅僅是養活父母，那和養狗養馬又有甚麼區別呢？孔子在回答子游的問題時，接觸到了孝的本質，他強調了發自子女內心真誠的「敬」、自覺的倫理意識和道德情感。「敬」是孝的靈魂，發自人的內心，也必然表現在神色態度上。

3

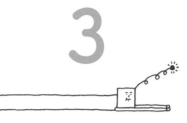

名句外
的知識

　　《史記》中記載，舜的父親是個瞎子，他的生母
去世後，父親又娶了一個妻子，並生了一個兒子。父
親喜歡後妻的兒子，總想殺死舜，遇到小過失就要嚴
厲懲罰他。舜卻孝敬父母、友愛弟弟，從來沒有鬆懈
怠慢。舜非常聰明，他們想殺死舜的時候，卻找不到
他，但有事情需要他的時候，他又總在旁邊恭候着。

　　有一次，舜爬到糧倉頂上去塗泥巴，父親就在下
面放火焚燒糧倉，但舜藉助兩個斗笠保護自己，像長
了翅膀一樣，從糧倉上跳下來逃走了。後來，父親又
讓舜去挖井，舜事先在井壁上鑿出一條通往別處的暗
道。挖井挖到深處時，父親和弟弟一起往井裏倒土，
想活埋舜，但舜又從暗道逃開了。他們本以為舜必死
無疑，但後來看到舜還活着時，就假惺惺地說：「你

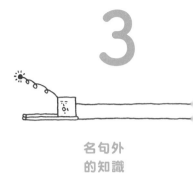

跑到哪裏去了？我們特別想你啊⋯⋯」他們想方設法害舜，但舜不計前嫌，還像以前一樣侍奉父親、友愛弟弟。舜的妻子娥皇和女英對舜的處境憂慮重重，勸舜離開這個是非之地，舜卻說：「父母年紀大了，處事不當，做兒子的要多諒解。弟弟從小嬌慣，未免任性，做兄長的要多引導。」這些話讓在門外偷聽的父親羞愧萬分，從此，舜的一家和睦相處。後來，舜接替了堯做部落首領，舜的仁愛孝悌從家庭走向社會。

3 名句中的成語

子曰：「事父母幾（微言，含蓄）諫，見志不從，又敬不違，勞而不怨[1]。」

《論語・里仁》

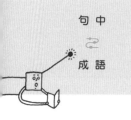

句中 成語

/ 勞而不怨

成語

釋義

1. 勞而不怨 / 雖然辛苦勞累，但是沒有怨言，形容孝子事親的態度。後來指合理地調用人力，人民雖辛勞也不會埋怨。

名句中
的道理 3

　　孔子特別提倡孝道，認為每個人都應該孝敬父母。一次，曾子問孔子：「請問兒子順從父親的意志，可以算作孝嗎？」孔子說：「這算甚麼話呢？古代天子如果有七位敢於直言的臣子，即使不按正確的原則辦事，也不會失去天下；諸侯如果有五位敢於直言的臣子，即使不按正確的原則辦事，也不會失去封國；士人如果有敢於直言的朋友，就不會失去好名聲；父親如果有敢於直言的兒子，就不會陷於不義。所以遇到不符合道義的情況，兒子不去勸說父親，僅僅順從他的意志，又怎能算是孝子呢？」孔子沉思了一下，接着說：「侍奉父母，假如他們有甚麼不對的地方，你得委婉地勸說。看到自己的意願沒有被父母聽從，仍然要恭恭敬敬，不違背他們，辛勞也不怨恨。」

　　多幹些活兒，受點累並沒有甚麼，如果累死累活還受埋怨、受欺負，那就很難做到沒有怨言了。勞而不怨的人有沒有呢？

4

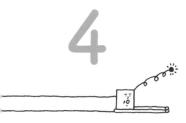

名句外
的知識

　　西漢時期，有一個叫韓伯愈的人，他小時候非常調皮。他的母親為了讓他改正錯誤，在他犯錯的時候常常拿竹鞭打他幾下。

　　韓伯愈長大後變得非常懂事。為了養活母親，他做起了生意。有一次，他進貨時向鄰居借了一筆錢，過後忘了按時還，鄰居就找上門討要。母親很生氣，認為不按時還錢是不講信用的表現，就像以前一樣拿起竹鞭打兒子。可是剛打幾下，韓伯愈就流起淚來。母親很驚訝，韓伯愈邊哭邊回答母親說：「以前您打我時，我覺得渾身疼痛，知道母親身體健朗。可是今天您打我時，我感覺不到疼痛，知道母親體力衰弱了許多。我流淚是因為擔心母親的身體，而不是因為疼痛。」

　　同學們，韓伯愈在母親罰他的時候，心中仍然惦念着母親的身體，我們是不是更應該在生活中關心、理解我們的爸爸媽媽呢？

名句中
的成語 **4**

子曰:「父母之年,不可不知也。一則以喜,一則以懼[1]。」

《論語 · 里仁》

/ 一則以喜,一則以懼。

句 中
成 語

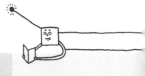

1. 一則以喜,一則以懼 / 一方面因 …… 而高興,另一方面因 …… 而害怕,形容憂喜兼有的複雜心情。

成 語

釋 義

4 名句中的道理

　　父母記得子女的生日，看着他們一年一年長大。那麼，子女記得父母的生日嗎？孔子幼年喪父，青年時期又失去慈母，他有感而發：「父母的年紀，做子女的不能不記得。一方面為他們得享高壽而歡喜，另一方面為他們日漸老邁而憂慮。」喜和懼是兩種不同的情緒，為甚麼同時出現呢？以「喜」來說，古人認為得享高壽是一種福報，父母年紀越大，子女越有表現孝心的機會，豈不是一大樂事？以「懼」來說，人的年壽必有終期，年紀越大，也越接近死亡的大限，我們怎能不把握機會好好孝順呢？

小練習，
做一做！

學習了本單元的名句，你知道它們當中成語的意思嗎？瞭解這些成語的用法嗎？
下面有一些小練習，來試試看吧！

A. 請根據前面學到的成語意思，把正確的成語答案填寫在空格內。

1. 雖然很辛苦、很勞累卻沒有怨言，形容孝子事親的態度，也指
   合理地調用人力，人民雖勞苦，也不埋怨。（　　　　　　）

2. 形容僅能供養父母而不存孝敬之心。（　　　　　　）

3. 一方面因……而高興，另一方面因……而害怕，形容憂喜兼有
   的複雜心情。（　　　　　　）

4. 慎重地辦理父母的喪事，誠心誠意地祭祀祖先。也指謹慎從
   事，追念前賢。（　　　　　　）

B. 以下來自於本單元的成語，皆有一處或者幾處錯誤，請在空格內改正。

1. 慎重追遠　　（　　　　　　）

2. 勞而不冤　　（　　　　　　）

君子的修養（上）

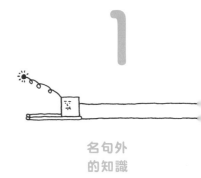

　　蘇軾，字子瞻，號東坡居士，北宋眉山人，是一位在文學、藝術等多方面具有傑出才能和突出成就的大家。

　　蘇軾散文成就非凡，是「唐宋八大家」之一。蘇軾的詩被尊為「宋詩的典範」，與黃庭堅並稱「蘇黃」。蘇軾還是公認的豪放詞派的代表，與辛棄疾並稱「蘇辛」。蘇軾的賦流傳千古，《前赤壁賦》和《後赤壁賦》為宋代文賦的上佳之作。蘇軾的書法也成一家，與蔡襄、黃庭堅、米芾合稱「宋書四大家」。其書作《黃州寒食詩帖》被譽為「天下第三行書」。蘇軾的畫名重當時，他擅長畫竹木怪石，對於畫論有獨到見解。此外，蘇軾還學通儒釋，對於佛學瞭解甚深。

　　蘇軾任徐州太守時，在防洪抗災中表現了水利方面的才華。當地柴貴，他在城南發掘煤礦，表現了地質方面的才華。

　　同學們，通過瞭解蘇軾的這些成就，你覺得應該如何評價他呢？「君子必器」是強調走專業化道路，沒有錯。「君子不器」強調全面發展，也是正確的。同學們，「器」與「不器」的關鍵是甚麼呢？

1 名句中的成語

子曰：「君子不器[1]。」

《論語・為政》

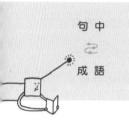

句中 ⇄ 成語

／君子不器

成語 〰 釋義

1. 君子不器／君子不像器皿一樣，作用僅僅限於某一方面。

　　孔子有一次跟弟子們談論社會上的風雲人物。他認為，君子應該博學多識，具有多方面的才幹。孔子說：「有德才的君子無所不通，而不是像個器具那樣只有一種固定的用途。」

　　在傳統中國社會，人們讀書、做官、做人是為了「治國平天下」，其職責是維繫整個社會的發展，所以他們不可能僅僅是某一專業的人才。只有做到君子不器的人，才能真正做到「心憂天下」。

　　隨着時代的發展，我們現在的社會分工越來越細，人們從事的職業也越來越專業，越來越往「君子必器」的道路上發展。同時，我們也應該認識到，儘管每個人的職業、專業差異很大，我們都應該對社會各個方面的發展有自己的認識，而不僅僅限於自己的專業領域，做到「君子不器」。

2

名句外
的知識

　　唐順宗李誦即位後提拔王叔文主持政務，柳宗元、劉禹錫等精英得到重用，他們懲辦污吏，減免百姓賦稅，打擊宦官，給百姓帶來了希望，給國家帶來了曙光。但太監、官僚在順宗重病退位之時捲土重來，聯合起來打擊改革派。柳宗元、劉禹錫等全部被貶到遙遠荒涼的地方。王叔文被定為亂國的罪魁禍首而被處死，於是眾口鑠金，輿論一律斥其為「小人」。與他有交往的人有的反戈一擊，檢舉揭發；有的避之唯恐不及，像躲避致命的瘟疫一樣。而自身難保的柳宗元偏偏說自己跟王叔文交往密切、關係友善。他還給王叔文病故的母親寫碑誌，公開稱頌王叔文。柳宗元以戴罪之身寫這種文章，在很多人看來，是自取滅亡之舉，因為政敵正磨刀霍霍，要將柳宗元、劉禹錫等人置之死地而後快。柳宗元病逝於柳州之後，劉禹錫失聲痛哭，為好友編訂詩文集，親自撰寫序言，並把柳宗元的兒子撫育成人。柳宗元、劉禹錫等人無論得意還是失意，都能團結在一起，這是因為甚麼？

子曰：「君子周而不比[1]，小人比而不周。」

《論語 · 為政》

/ 周而不比

句 中

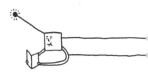

成 語

1. 周而不比 / 關係親密但不相互勾結。
   (1) 周 / 親和、調和。
   (2) 比 / 勾結。

成 語

釋 義

2 名句中的道理

　　君子是理想人格的化身，孔子在《論語》一書中多次提到「君子」，並對其道德內涵進行多方面、多角度的闡釋。孔子說：「君子團結大多數人，為大眾謀福祉，而不是勾結個別的人；相反小人則勾結個別的人謀取私利，而不是團結大多數的人。」

　　君子為一個共同的目標團結在一起。如北宋范仲淹上書批評朝政被貶官，諫官高若訥為巴結上司，說范仲淹該貶。歐陽修寫信罵高若訥「不復知人間有羞恥事」，於是歐陽修也受到牽連被貶了官。後來，范仲淹東山再起，邀請歐陽修做他的書記官，歐陽修笑着謝絕：當初為你鳴不平，不是為了你個人，而為了國家百姓，跟你一起降職，卻不必一起升官。你認為，范仲淹、歐陽修是為甚麼而團結在一起的？

　　人的個性、愛好不同，和與自己志趣相投的人交往本是人之常情。但是如果為了謀取私利，勾結起來做不義的事情，或者排斥、打擊與自己意見不同的人，那麼這樣的交往是有德行的人所不齒的。

3

　　屈原是戰國時期的楚國人。當時，楚國死守着舊制度，一天天衰弱下去；而秦國經過商鞅變法，變得越來越強大，一心想滅掉楚國。屈原很為自己的國家擔憂。他同楚國的國君楚懷王商量，想在楚國也實行變法革新。然而，屈原在楚的崇高威望，引起了大臣上官大夫的嫉妒。上官大夫背地裏對楚懷王說：「大王信任屈原，把大權交給他，可是屈原不但不感激大王，反而在外面誇口，說楚國沒有他不行。」楚懷王聽了非常生氣，就不再讓屈原管理國家大事了。

　　後來，秦國的相國張儀騙楚懷王跟齊國斷絕邦交，說秦王會獻給楚國方圓六百里商、於的土地。結果楚、齊斷交後，張儀說只有自家的六里地給楚國。楚懷王惱羞成怒發兵討伐秦國，被秦、齊聯軍打敗。

3

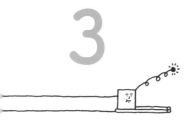

名句外
的知識

　　再後來，秦昭襄王約楚懷王到秦國去簽署盟約。楚懷王不顧屈原的反對，一意孤行，結果一到秦國，就被軟禁起來，最後死在秦國。屈原希望即位的楚頃襄王能夠接受楚懷王的教訓，有一番作為。他勸頃襄王選拔人才，遠離小人，鼓勵將士，操練兵馬，使楚國富強起來。可是頃襄王只顧自己花天酒地享樂，根本不把國家的命運放在心上，屈原的勸告只讓他覺得心煩。再加上上官大夫那一夥人總是在他耳邊講屈原的壞話，最後，他索性把屈原革了職，放逐到湘南去。屈原覺得救國無望，又不願看到楚國的滅亡，就在農曆五月初五這一天，懷抱石頭投汨羅江自殺了。

　　同學們，你能用孔子評價君子和小人的標準，評價一下這個故事中的人物嗎？

子曰：「君子懷德，小人懷土；君子懷刑，小人懷惠。」

《論語・里仁》

/ 懷刑自愛

句 中

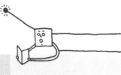

成 語

1. 懷刑自愛 / 形容心中有法度，不做違法的事，能
自重自愛。
(1) 懷刑 / 心中有法度。

成 語

釋 義

3

　　一天，孔子跟學生們談起了「君子」，勉勵弟子們加強道德修養，要注重道德、規則和道義，而不是像小人那樣只注重個人的得失，挖空心思佔一點兒小便宜，得一點兒小恩小惠。聰明的子貢搶着發言：「是不是追求仁德，讓自己變得更加仁愛就是君子？」孔子點點頭說：「君子關心自己的德行修養，小人關心自己的土地田宅；君子關心法度，而小人關心個人的實惠。」弟子們聽了連連點頭。

　　在《論語》中，類似這樣辨別君子與小人的言論很多，你找到了哪些？君子有時指國君、官吏，有時指品德高尚的人；小人有時指品德敗壞的人，有時指一般老百姓。這裏的君子、小人應該指甚麼？

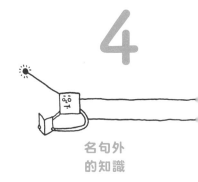

名句外
的知識

　　宋朝的范仲淹也像顏回一樣做到了以苦為樂。范仲淹兩歲那年父親便病逝了，生活十分困難。范仲淹從小讀書十分刻苦，為了避免被打擾，他常去寺廟裏寄宿讀書。那時，他的生活極其艱苦，每天只煮一鍋稠粥，涼了以後劃成四塊，早晚各取兩塊，拌幾根醃菜，調半盂醋汁，吃完繼續讀書。有人曾接濟范仲淹以美食佳餚，也被他拒絕了。他認為自己已經習慣了苦行僧似的生活，一旦被美食所誘惑，反受其害。他秉持着「學海無涯苦作舟」的信念，潛心學習，樂在其中。范仲淹後來參加科舉考試，一舉中榜。為了國計民生，他憂在百姓之前，樂在百姓之後，成了北宋著名的大臣。他那種「先天下之憂而憂，後天下之樂而樂」的精神激勵了一代又一代為民造福的官員。

　　看見顏回、范仲淹在那麼艱苦的環境下仍然能夠不改其求學的志向，我們是不是更應該好好學習呢？

4 名句中的成語

子曰：「賢哉，回也！一簞食，一瓢飲[1]，在陋巷，人不堪其憂，回也不改其樂。賢哉，回也！」

《論語·雍也》

句中 成語	/ 簞食瓢飲

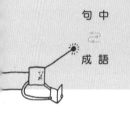

成語 釋義	1. 簞食瓢飲 / 一簞食物，一瓢湯水，指貧苦的生活，也作一簞一瓢。

名句中
的道理 4

顏回家境貧寒，但他始終堅持讀書不輟，並不追求富貴，與窮苦的鄰居也始終保持良好的關係。

一次，一位鄉親問顏回：「顏回先生，我們都是些粗人，不會說話，說錯了您別見怪。您那個家，還叫家嗎？屋裏四壁空空，甚麼也沒有，您經常吃了上頓沒有下頓。門外的巷子那麼簡陋骯髒，哪裏是您這樣的大學問家應該住的地方啊！要我說啊，您早就應該去謀個差事，以您的學問來說，當個官並非難事啊！」

另一個鄉親說：「你知道甚麼，孔老夫子都這樣誇顏回：『顏回多麼賢良，一簞食物、一瓢湯水，住在小巷裏，別人都不能忍受那種貧苦的生活，顏回卻不改其中的樂趣，多麼賢良啊。』顏回先生是做大學問的人，怎麼會去當甚麼官？」顏回依舊只是笑笑，漫步回到了他的陋室。屋內很暗，顏回燃起藜（lí）條，拿起書本，進入到他那個充滿樂趣的精神世界中去了。

5

名句外
的知識

　　子桑伯子為人不拘小節，常常衣冠不整。據說有一次，孔子去拜訪子桑伯子。孔子的弟子知道老師要去見這種人，很不高興：「您為甚麼要去見這種人呢？」孔子回答說：「子桑伯子的內在是很美的，只是不注重外在的形式和禮儀。因此，我要去說服子桑伯子改變外表的邋遢。」

　　同樣，子桑伯子的門人聽說老師要接見孔子，也不高興。子桑伯子說：「孔子的內在是很美的，只是太注重外表的形式和禮儀，我要說服孔子去掉這些裝飾。」這次會面的結果是誰都沒有說服誰，只有質與文的爭論，仍一直持續着。

　　同學們，你認為「質」和「文」孰重孰輕？請陳述你的理由。

名句中
的成語 5

子曰：「質勝文則野，文勝質則史。文質彬彬[1]，然後君子。」

《論語・雍也》

/ 文質彬彬

句 中
成 語

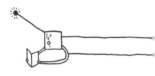

1. 文質彬彬 / 形容人既有文采，又有內涵，後多形容人文雅有禮貌。

   (1) 彬彬 / 形容文雅。

成 語

釋 義

5 名句中的道理

　　孔子特別倡導做一個「君子」。有一次，孔子與弟子們談到子路初見他的情形。孔子說：「子路當時一臉鬍子，嗓門粗大，身佩公豬形飾物，腰掛長劍，頭上居然插着長長的公雞毛，還染得五顏六色的。」子路感到不好意思，說：「我當時是個野蠻人，還覺得很威風。現在想起來實在太丟人了。我那時恃勇好鬥，見老師純粹是出於好奇，想看看人人尊敬的夫子到底長甚麼樣。根本沒想過要跟隨老師學習。老師問我愛好，我說喜歡長劍，還反問老師，大丈夫立於天地間，有武功就行，學其他的有必要嗎？老師這樣告訴我：『內在品質多於文采就會顯得粗野，文采多於內在品質就會流於浮華。文采與內在品質搭配適中，才能成為君子。』我到現在也沒想明白，老師能再解釋一下嗎？」孔子說：「光有樸實的品格，不注重文采，就會過於粗野；光講文采，缺乏樸實的品格，又會過於虛浮。樸實和文采要配合適當，一個人既有樸實的品格，又有好的禮節儀表，才可以稱為有修養的君子。這樣就可以表現一個人既有學問，又有風度。做起事來從容不迫、有條不紊（wěn），在行動上也很謹慎。」子路點點頭，說：「老師，我會努力做一個君子的。」

　　孔子以推行仁義為己任，想把學生培養成「仁人」，但「仁」的要求很高，很難達到。所以強調先做「文質彬彬」的君子。「質」是孝悌、忠信、仁義等人本來就有的真實本質；「文」是指詩書禮樂等外在的文飾。君子一方面能行孝悌、忠信、仁義，一方面又能懂得詩書，實踐禮樂。因此，孔子教育弟子的內容為「文行忠信」，「忠信」屬於「質」，「文行」屬於「文」。人們在修養品行的同時，還應該接受詩書禮樂的熏陶，只有達到「文質彬彬」，才能最終成為君子。

6

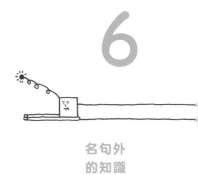

名句外
的知識

　　名士嚴子陵少有高名，與光武帝劉秀是同學。後來，劉秀成為東漢皇帝。嚴子陵就改名換姓，隱居了起來。劉秀知道嚴子陵是高士，有賢德，於是下令全國上下尋訪他。好不容易才找到嚴子陵，把他請到京城。劉秀親自來看他，他卻睡在床上不起身迎駕。劉秀就走到床邊，摸着嚴子陵的肚皮說：「子陵啊，子陵，你為甚麼就不肯出山幫助我治理天下呢？」嚴子陵睡着覺，不吭一聲，過了良久才睜開眼睛說：「以前唐堯為君王時，德行遠播，尚有巢父隱居不出。人各有志，你又何必苦苦相逼於我呢？」劉秀說：「子陵！我一國之君竟也不能使你折節事君嗎？」於是歎息而去。後來劉秀將嚴子陵接到皇宮，與他談天說地，困後兩人就睡在一起，睡夢中嚴子陵把腳都放到了劉秀的肚子上。劉秀授予嚴子陵諫議大夫一職，嚴子陵堅辭不受，回到富春山老家耕田種地。劉秀後來又特別召見他，他還是不去，最後老死在家中。他的這種視富貴如浮雲的氣節，千百年來一直受到人們的景仰。

6 名句中的成語

子曰：「飯疏食飲水[1]，曲肱[2]（gōng，胳膊）而枕之，樂亦在其中[3]矣。不義而富且貴，於我如浮雲[4]。」

《論語・述而》

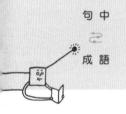

| 句中 | ／疏食飲水 | ／飲水曲肱 |
| 成語 | ／樂在其中 | ／富貴浮雲 |

成語

釋義

1. 疏食飲水／指粗茶淡飯，飲食簡陋。
   (1) 疏食／粗糙的食物。
   (2) 飲水／喝涼水。古代熱水叫「湯」，涼水叫「水」。
2. 飲水曲肱／形容清心寡慾、安貧樂道的生活。
   (1) 肱／胳膊。
3. 樂在其中／喜歡做某事，並在其中獲得樂趣。
4. 富貴浮雲／財富與顯貴的地位就像天空中縹緲無常的浮雲一樣，不值得留戀，後用以比喻輕視金錢、地位的清高觀念。
   (1) 富／財富。
   (2) 貴／顯貴的地位。

名句中
的道理 6

　　十四年的漂泊生活使得孔子對功名富貴有了自己的看法，他說：「吃粗糧，喝白水，彎着胳膊當枕頭，我也能從中得到樂趣。不行道義而得到的富貴，對我來說就像天上的浮雲一樣。」後人從孔子的話中引申出了「樂在其中」「富貴浮雲」「飲水曲肱」「疏食飲水」等成語。

　　這段話表達了孔子安貧樂道的思想。孔子不被任用時，生活條件艱苦，但孔子也能樂在其中。孔子不是喜歡吃粗糧、喝冷水，而是在吃粗糧、喝冷水的生活條件下也不改其樂。魯哀公六年（前489年），孔子和弟子們被困於陳、蔡之間，一連七天沒有可以吃的東西，弟子們都餓倒了，而孔子卻照樣為弟子們講授《詩》《禮》，撫琴高歌。可見，孔子的「樂」不是一種肉體的快樂，而是一種精神的平靜和滿足。對於不義的富貴，孔子認為輕如浮雲。

7

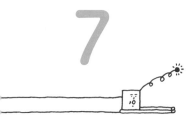

名句外
的知識

三國時期，諸葛亮協助劉備在成都建立了蜀漢政權，當了丞相。他一心想幫助劉備完成統一全國的大業。公元 223 年，劉備為了給關羽報仇，不聽諸葛亮的勸說，率軍攻打東吳，結果大敗，病倒在白帝城的永安宮。劉備知道自己的病難以治好，便派人日夜兼程請來諸葛亮囑託後事。他拉着諸葛亮的手說：「你的才能高出魏帝曹丕（pī）十倍，必能完成統一中國的大業。如果我兒劉禪可以輔佐，你就輔佐他；如果他低劣無能，你可取而代之。」諸葛亮一聽，立刻跪下說：「我一定會忠心耿耿地輔佐幼主。」諸葛亮說到做到，承擔起了輔助劉禪治

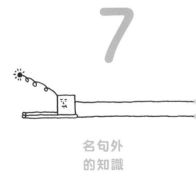

理蜀國的重任。他事必躬親，盡心盡責，很快使蜀國恢復了國力，逐漸強盛起來。為了完成劉備生前努力統一中國的願望，他曾先後六次率軍隊攻打魏國，爭奪中原，直到病死在軍營之中，也沒有產生一絲取代無能的劉禪當皇帝的念頭。

伊尹、周公、諸葛亮都是歷史上託孤寄命的典範，他們才德兼備，忠貞不貳。既對得起君主重託，又保一方百姓平安，是人人稱頌的忠臣、君子。現實生活中，我們很難有這種被託孤寄命的機會，但說話算數、誠實守信應該成為做人的準則。

7 名句中的成語

曾子曰：「可以託六尺之孤[1]，可以寄百里之命[2]，臨大節而不可奪也。君子人與？君子人也。」

《論語·泰伯》

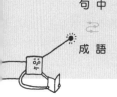

句中
成語

／ 六尺之孤

／ 託孤寄命

成語
釋義

1. 六尺之孤 ／ 指未成年的孤兒。
　　(1) 六尺 ／ 指尚未長大成年的孩子的身高，
　　周代一尺只相當於現在六寸。
2. 託孤寄命 ／ 指臨終前，將孤兒及重要事情相託。
　　(1) 託 ／ 託付。
　　(2) 孤 ／ 孤兒。
　　(3) 寄命 ／ 以重要事宜相委託。

　　曾子說：「可以把年幼的君主託付給他，可以把國家的命運委託給他，遇到安危存亡的緊要關頭，仍能不動搖屈服，能保持自己的節操。這樣的人可以稱為君子嗎？這種人真是君子啊！」曾子認為，君子人格最重要的是信義，說話要算數。

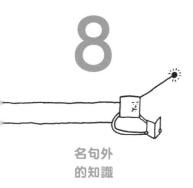

名句外
的知識

　　孫中山是中國近代民主主義革命的開拓者，
中華民國和中國國民黨的創始人，三民主義的倡
導者。他領導的辛亥革命推翻了兩千多年的封建帝
制，使民主共和觀念深入人心。雖然他的革命事業
經歷了一次又一次的失敗，但他始終以天下為己
任，堅持不懈，直至生命的最後一刻。在他的遺囑
中，他仍然不忘號召後來人「革命尚未成功，同志
仍須努力」。

　　孫中山一生始終以中華民族的獨立和富強為己
任，真正做到了鞠躬盡瘁，死而後已。他是中華民族
精神的榜樣。你還知道哪些關於孫中山的事跡呢？

名句中
的成語 **8**

曾子曰：「士不可以不弘毅，任重而道遠[1]。仁以為己任，不亦重乎？死而後已[2]，不亦遠乎？」

《論語・泰伯》

/ 任重道遠

/ 死而後已

句 中
成 語

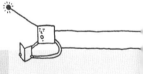

1. 任重道遠 / 負擔沉重，路程遙遠，比喻責任重大，且要
經歷長時間的奮鬥，也作道遠任重。
(1) 任 / 負擔。
2. 死而後已 / 死了才停息，指貢獻出畢生力量，常與「鞠
躬盡瘁」連用。
(1) 已 / 停止。

成 語

釋 義

8 名句中的道理

　　在《論語》中，孔子的弟子用「字」來稱呼，像子路、子貢、伯牛等，唯獨有若與曾參被尊稱為「子」，故有人說《論語》是有子、曾子的門人編成的。孔子弟子三千，顏回最賢，但英年早逝。曾子是孔子的孫子子思的老師，子思是孟子的老師。曾子在孔門弟子中具有至高地位，是儒家學說至關重要的傳承者。

　　曾子對學生說：「讀書人不能沒有寬闊的胸懷和剛強的毅力。因為他使命重大而且路途遙遠。」說到這裏，他又看了看學生，然後語重心長地說，「你們把施行仁政作為自己的責任，這一副擔子難道不沉重嗎？就是做到老死，也不一定能實現施仁德於天下的理想，能說這一道路不遙遠嗎？」學生們聽後嚴肅地說：「老師放心，我們一定會把這副擔子擔當起來。」曾子聽了微笑着點了點頭。

　　曾子的這段話，一直鼓舞着古代士大夫們自強不息，激勵着他們以天下興亡為己任。這是我國文人的一筆精神財富。這種浩然正氣和強烈的責任心，影響了眾多文人墨客，造就了一批又一批鐵骨錚錚的硬漢，寫下了中國歷史長卷中許許多多感人的篇章。

小練習，
做一做！

學習了本單元的名句，你知道它們當中成語的意思嗎？瞭解這些成語的用法嗎？
下面有一些小練習，來試試看吧！

A. 請根據前面學到的成語意思，把正確的成語答案填寫在空格內。

1. 形容心中有法度，不做違法的事，能自重自愛。（　　　　　）

2. 形容人既有文采，又很質樸，後多形容人文雅有禮貌。

　（　　　　　）

3. 君子不像器皿一樣，作用僅僅限於某一方面。（　　　　　）

4. 關係親密但不相互勾結。（　　　　　）

5. 一簞食物，一瓢湯水，指貧苦的生活。（　　　　　）

6. 指未成年的孤兒。（　　　　　）

B. 以下來自於本單元的成語，皆有一處或者幾處錯誤，請在空格內改正。

1. 週而不比　　（　　　　　）

2. 文質斌斌　　（　　　　　）

3. 蔬食飲水　　（　　　　　）

4. 單食瓢飲　　（　　　　　）

君子的修養（下）

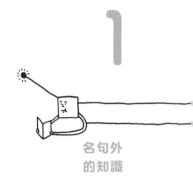

　　鄭玄，字康成，東漢高密人，博古通今，是當時著名的經學家。他想為《春秋左氏傳》作注，但還沒有完成。

　　有一天外出，鄭玄與滎陽人服子慎巧遇，兩人住在同一旅舍，但當時，他們彼此之間並不認識。服子慎在外面車上，和別人談論自己注釋《春秋左氏傳》的想法。鄭玄聽了很久，發現服子慎談的大多與自己的想法相同。鄭玄走向車子，對服子慎說：「我早就想為《春秋左氏傳》作注，但還沒有完成。聽你剛才所說的一席話，大多與我的想法相同。現在就將我所完成的注解部分送給你。」於是服子慎便完成了《春秋左氏傳》服氏注。鄭玄與服子慎都是有名的經學家，兩人原本並不相識。偶然相遇，鄭玄在聽到服子慎的一些想法與自己很相近後，當即決定將自己已經完成的注解部分，全部無條件送給了他，使服子慎完成了這一浩繁的工程，揚名四海。鄭玄這種成人之美、毫無私心、虛懷若谷的舉動實在令人欽佩。

1 名句中的成語

子曰：「君子成人之美¹，不成人之惡。小人反是。」

《論語・顏淵》

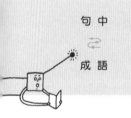

句中
成語

／成人之美

成語

釋義

1. 成人之美／原意是勉勵並幫助別人做好事，後表示幫助
   別人實現意願或成全別人的好事。
   (1) 成／成全，幫助。
   (2) 美／好事。

　　孔子這樣告誡自己的學生：「君子成就別人的善，不助長別人的惡。小人的做法與此正好相反。」

　　「君子成人之美」是中華民族的傳統美德，作為成語和格言，千百年來廣為傳誦。孟子在《孟子·公孫丑》中對此做了詳細的說明。孟子說：「子路這個人，別人指出他的錯誤就會很高興。大禹，聽到有益的言論就向人致敬。舜就更偉大了，他放棄了自己的主張而服從別人，樂於採納別人的意見去行善。從他種田、製陶、打漁的時候，一直到稱帝，都積極採納別人的正確意見。採納別人的意見去行善，就是稱讚和幫助別人去行善。所以，君子的德行沒有比幫助別人行善更高尚的了。」但願這一美德能夠發揚光大。

2

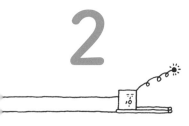

名句外
的知識

　　春秋時期，鄒國和魯國發生了衝突。鄒穆公請教孟子說：「我的官員在這次衝突中死了三十三人，民眾卻沒死一個。他們看着官員被殺卻不去營救，我真想都殺了他們，你看該怎麼辦呢？」孟子說：「鬧災荒時，老百姓四散逃亡，而您的糧倉堆滿糧食，有關部門不向您報告這種情況，這是殘害百姓啊！曾子說過，你怎樣對待別人，別人就會怎樣對待你。百姓們這次終於有機會報復你們了，您不要責怪他們。君王如果實行仁政，並起帶頭作用，百姓一定會親近你們，也情願為您去死了。」孟子說的就是「風行草偃」的道理。

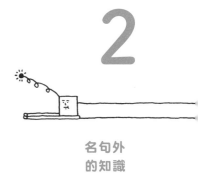

名句外
的知識

　　歷史上上行下效的事情真不少。齊景公喜歡穿紫色王袍，結果，當時齊國的人全都穿紫衣，搞得紫色絹短缺，價格大漲。人們認為：人人穿紫衣，穿上就神氣，升官又發財，不用費力氣。楚王好細腰，因為楚王覺得腰細的女子最好看，結果楚國的女子為了使腰肢變細都用不吃飯的辦法減肥。「楚王好細腰，細腰多苗條，三年不吃飯，餓成水蛇腰。」晉國流行一種講排場、擺闊氣的壞習氣，晉文公便帶頭用樸實節儉的作風來糾正它，他穿衣服絕不穿價格高的絲織品，吃飯也絕不吃兩種以上的肉。不久之後，晉國人就都穿起粗布農服，吃起糙米飯來。

2 名句中的成語

季康子問政於孔子曰：「如殺無道，以就有道，何如？」孔子對曰：「子為政，焉用殺？子欲善，而民善矣。君子之德風，小人之德草。草上之風，必偃[1]。」

《論語・顏淵》

句中成語

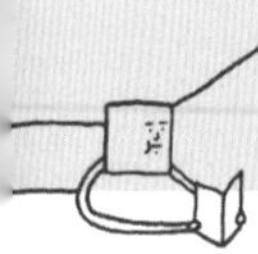

／風行草偃

成語釋義

1. **風行草偃**／風吹過來，草就倒伏，比喻上面的意圖傳下來，下級一律服從，也比喻德高望重者對世人影響之深。
   (1) **行**／過，吹過。
   (2) **偃**／臥倒，倒伏。

　　孔子六十八歲回國後，魯國當權者季康子和魯哀公
沒有給他實權，只是把他當作顧問來用。孔子已經年老
體衰，早年熱血沸騰的胸懷也冷了下來。但他依然關注政
治，不論當權者會不會聽他的，他還是對時事發表自己的
看法，還是「知其不可為而為之」。有一次，季康子向孔
子請教安定社會秩序的方法。季康子說：「我想通過殺掉為
非作歹的人，親近正派的人，使得國家秩序安定，你覺得
如何？」孔子說：「你治理國家，為甚麼要使用殺戮的手段
呢？你有心為善，人民就會跟着為善了。政治領袖的言行
表現，像風一樣；一般百姓的言行表現，像草一樣。風吹
到草上，草一定會跟着倒下。」季康子認為亂世要用重刑
來約束百姓，但孔子反對殺人，主張仁政。他認為老百姓
就像草一樣，風吹到東，草就倒向東，風吹到西，草就倒
向西。只要執政者以身作則，關心百姓，追求美善和諧，
人民就會上行下效，就會安居樂業，社會秩序自然就會變
好。

3

名句外
的知識

　　戰國時期，著名的縱橫家蘇秦在出名之前有一段很坎坷的經歷。蘇秦曾到秦國求職，可由於不瞭解秦國的國情，一連給秦惠王上了十次奏章，都未被採納。到最後，錢財散盡，只好灰溜溜地回到家。家裏父母、兄嫂都瞧不起他，鄰居們也嘲笑他。但蘇秦並未怨天尤人，他決定發奮讀書，繼續努力。蘇秦日夜苦讀，晚上疲倦容易打瞌睡，他就用冷水沖頭。後來冷水也不管用了，他就把錐子放在身邊，一打瞌睡，就用錐子刺自己的大腿，痛醒了，繼續讀書。就這樣，通過苦讀，蘇秦掌握了豐富的知識和兵法，對各國的政治、經濟也瞭如指掌。這一次，他沒有再入秦，而選擇去游說六國，拉開了六國合縱抗秦的帷幕。

　　同學們，當我們面對困難和挫折時，要用積極的態度去面對，怨天尤人無濟於事。與其怨天尤人，不如全力以赴，改變自己。

名句中
的成語 **3**

子曰：「莫我知也夫！」子貢曰：「何為其莫知子也？」子曰：「不怨天，不尤人¹，下學而上達。知我者，其天乎！」

《論語·憲問》

句中
成語

/ 怨天尤人

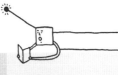

成語
釋義

1. 怨天尤人／抱怨天，責怪別人，形容對不如意的事老是歸咎於客觀條件。
   (1)尤／怨恨，歸咎。

3　名句中的道理

　　一次，孔子說：「沒有人瞭解我啊！」子貢說：「怎麼能說沒有人瞭解您呢？」孔子說：「我不埋怨天，也不責備人，廣泛學習世間的知識，進而領略深奧的道理，下學禮樂而上達天命，所以瞭解我的只有老天爺啊！」孔子學問淵博、修養很高，想在各國推行仁道，可各國都忙着搶地盤，沒人聽他的。綜觀孔子的生活，不論多麼貧窮，多麼潦倒，他都沒有抱怨，既不怨天也不尤人。

　　怨天尤人的人只知索取，不願付出；只會抱怨，不懂得感恩。在這個世界上，不想付出，只會抱怨，你的命運就永遠不會改變。

　　當我們遇到困難和挫折時，與其怨天尤人，不如退思己過。如果你埋怨、責備別人被對方知道了，只能增加彼此的芥蒂，關係越來越僵，彼此都不快活。如果對方進行報復，事情更嚴重。而如果你把埋怨和責備放在一邊，再反省自身存在的問題，並努力地去改進，這樣既避免了對對方的傷害，也避免了對自己的傷害。而且，無論最後改進的結果如何，至少我們的內心是無愧的。

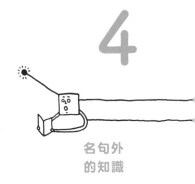

名句外
的知識

　　顏回一簞食，一瓢飲，居陋巷而又能不失其樂，做到了君子固窮。春秋時期齊國的賢士黔婁（qián lóu），去世時，衾不蔽體，也做到了君子固窮。即使窮困也能堅持自己的操守，這種品格值得我們敬仰。

　　堅守君子固窮，需要堅貞的毅力。在物慾橫流的今天，你知道哪些君子固窮的事跡？你能堅守君子固窮的情操嗎？

4 名句中的成語

在陳絕糧，從者病，莫能
興。子路慍見曰：「君子亦
有窮乎？」子曰：「君子固
窮¹，小人窮斯濫矣。」

《論語‧衛靈公》

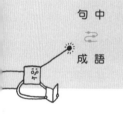

句中
成語

／君子固窮

成語

釋義

1. 君子固窮／指君子能夠安貧樂道，不失節操。
　　(1) 君子／有德行、有教養的人。
　　(2) 固窮／甘於貧窮。

　　孔子曾周遊列國，推行他的仁政學說，結果顛沛流離十四年，歷盡坎坷艱辛，仍未能被當政者接受，甚至多次受到死亡的威脅。

　　有一次，孔子離開衞國到陳國去，路經匡地。因為孔子長得像陽虎，而陽虎曾經對匡地的人很殘暴，所以引起匡人的誤會，把孔子當作陽虎圍了起來。弟子們都很害怕。只有孔子鎮定如常，照樣撫琴講學，直至誤會解除。

　　另一次，孔子一行人到宋國。宋國的權臣不讓他入城，孔子就和弟子們在郊外的大樹下練習禮儀。宋國的大司馬派人砍倒大樹，恫嚇孔子，甚至威脅要殺死孔子，孔子也沒有驚慌。

　　最危險的一次發生在陳、蔡兩國之間。當時，吳國攻打陳國，楚國發兵救陳國，聽說孔子在附近，便派人來請。陳、蔡的謀臣害怕孔子被楚國重用，於是派人將他圍了起來。孔子一行受困多日，口糧已經斷絕，不少弟子病

倒，形勢岌岌可危。但孔子不為所動，每天仍弦歌不斷。子路很生氣，責問孔子說：「您總是以君子自居，難道君子也有走投無路的時候嗎？」孔子回答說：「是的，君子也有走投無路的時候，但君子這時仍能堅守自己的氣節。如果是小人，面對這樣的困境就會不擇手段，為所欲為了。」遭遇圍困的第七天，楚國派出的兵將車馬帶着許多糧食來了，孔子師徒最終得救。

　　孔子所說的君子固窮，意在告訴人們：君子雖遭困厄，仍能安守而無悔。這「君子固窮」的名訓，使得有志節的讀書人在面臨困境時，往往也都能在精神上自求安頓。

5

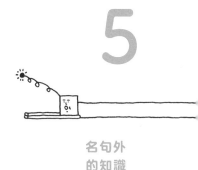

名句外
的知識

　　君子羣而不黨，而小人則黨而不羣。我們知道岳飛是鼎鼎大名的抗金英雄，岳飛、韓世忠、劉光世和張俊並稱南宋中興四將。這四人中，岳飛和韓世忠惺惺相惜，共同抗金，宋高宗打算殺掉韓世忠，岳飛曾暗示韓世忠，最終使韓世忠躲過一劫。在岳飛被秦檜迫害致死後，滿朝文武懾於秦檜淫威，一個個噤若寒蟬。只有韓世忠挺身而出，責問秦檜：「『莫須有』三字，何以服天下？」他臨終前對岳飛被害一事仍然念念不忘，後被追封為蘄（qí）王。而同為抗金名將之一的張俊卻為了一己之私，協助秦檜推行乞和政策，又與秦檜合謀製造了岳飛謀反的冤案。至今，岳飛墓前跪着秦檜、張俊等人的銅像。羣而不黨的君子名揚天下，黨而不羣的小人遺臭萬年！

　　同學們，關於與人相處，你從孔子的話中受到了甚麼啟發？

5 名句中的成語

子曰：「君子矜而不爭，羣而不黨[1]。」

《論語·衛靈公》

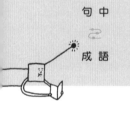

句中 成語

/ 羣而不黨

成語 釋義

1. 羣而不黨 / 指合羣共處而不結黨結派。

孔子說：「君子矜持而不爭強好勝，合羣而不結黨營私。」

「矜而不爭」是對自己的能力有信心，而又知道自己仍有不足，不驕傲自滿，自然也不會與人爭強鬥勝。要做到與世無爭並非易事。經常見到人們在車廂裏，因為被擠了一下而相互爭吵；在飯店裏，因為上菜速度慢了而大聲呵斥服務生；在會議上，因為一句無足輕重的話而劍拔弩張……這種人吃了虧要爭，得了便宜也要爭；為雞毛蒜皮的小事會爭，為無關痛癢的損失也會爭。就像一隻好鬥的雞，稍有不順就大呼小叫，爭得面紅耳赤。事實上，這樣反而於事無補，君子是矜而不爭的。

「羣而不黨」和孔子在《為政篇》裏所說的「周而不比」意思相同。君子心憂天下，心繫百姓，胸中裝的不是個人私利，所以胸懷寬廣，能夠團結所有心懷國家社稷的君子。而小人為了個人的私利搞小團體，拉幫結派，心胸狹窄，結黨營私，排除異己。「黨」就是以私心、私利為紐帶而勾結到一起的小人。而「羣」正好相反，是指以義相交，為了互相切磋和維護正義而走到一起的君子。

《論語》中經常談到君子與小人。如「君子之交淡如水，小人之交甘若醴」。小人與小人喜歡整天膩在一起，而君子與君子相交則很淡然，不喜歡成羣結隊、形影不離，更多的是以心會友。再如「君子坦蕩蕩，小人常戚戚」。小人因為常戚戚，所以必須膩在一起，這樣才能相互取暖。坦蕩蕩的君子不必向人取暖，因為有堅定的信念做支撐。

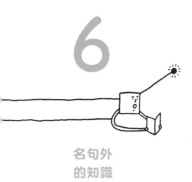

6

名句外
的知識

　　公元前 262 年，秦軍與趙軍在長平對陣，那時趙國大將趙奢已死，藺相如病危，趙王派廉頗率兵應對秦軍。面對秦軍的挑戰，廉頗置之不理。秦軍也無可奈何。於是，秦軍派出間諜散佈謠言，說：「秦軍不怕廉頗，只怕趙奢的兒子趙括。」趙王瞭解到趙括從小就學習兵法，與父親談論用兵之事，趙奢也難不倒他。於是，趙王就任命趙括為將軍，取代了廉頗。藺相如說：「趙括讀他父親留下的書，只會誇誇其談，不懂得靈活應變。」趙王不聽，還是命趙括為將。趙括之母也上告趙王，趙括不宜為將軍。趙王卻一意孤行。趙括為將後，秦將白起假裝敗逃，並調遣奇兵，截斷趙軍運糧的道路，射殺趙括。趙括軍隊全軍覆沒。

　　趙王以言取人，用了只會「紙上談兵」的趙括，導致了趙軍大敗、差點亡國的結果。可見「言論的君子，行動的小人」往往誤國誤事，絕對不能重用。

子曰：「君子不以言舉人，不以人廢言[1]。」

《論語·衞靈公》

/ 不以人廢言

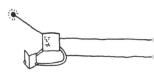

句中
成語

1. **不以人廢言** / 不因為這個人有不足的地方而不採納他的
正確意見。
(1)廢 / 廢棄。

成語

釋義

6 名句中的道理

　　孔子說：「君子不因為別人的話說得好就推薦他，也不因為別人的品德不好就否定他的正確意見。」

　　孔子認為君子以德為本，對待人事不能只看表面現象，不要被假相所蒙蔽。孔子強調，有德行的人必定有嘉言，但是很會說話的人不一定有好的道德。不要因為說一句好聽的話就認為此人有德，也不要因為這個人品德不佳或能力不強，就認為他說的話毫不可取，否定他的一切言論。只要所說的話有道理，就不要看是從誰的嘴裏說出來的。所以對一個人，必須「聽其言而觀其行」。

　　以言取人是人們容易犯的錯誤。三國時期的諸葛亮，以言取人，用非常會說話的馬謖當大將，結果失去了戰略要地街亭，最後只能「揮淚斬馬謖」。而做到不以人廢言更是一件不容易的事情。林肯做美國總統時，不以人廢言，選擇了自己的競爭對手斯坦頓做參謀長聯席會議主席。如果沒有廣闊的胸襟是不可能做到這一點的。

　　同學們，「不以言舉人，不以人廢言」，告訴我們在選拔人才時，要考察他的品德和實際才能，不能僅憑他的言談就提拔他；在聽取意見時，不管他的人品、地位如何，只要是正確的意見都要採納。

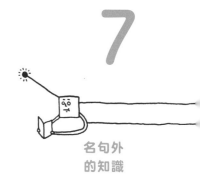

名句外
的知識

7

　　嵇康是魏晉名士，「竹林七賢」的精神領袖，也是中國著名的文學家、音樂家。嵇康本屬曹魏政權的擁護者，年輕時，嵇康曾出任過曹魏政權的中散大夫。但他心不在仕途，嚮往出世的生活。司馬氏篡權之後，曾多次請他出山，都被拒絕。嵇康隱居不仕，並與當時幾個不拘俗禮的名士阮籍、劉伶、向秀、山濤、阮咸、王戎合稱「竹林七賢」。他們清議時政，切磋玄學，抨擊名教，直指司馬家族當權派，終為司馬昭所忌，將其殺害。

　　同學們，每個人都有自己為人處事的信念和原則，你的信念和原則是甚麼？你能為了堅守這些信念和原則，抵禦各種威脅和誘惑嗎？

7 名句中的成語

柳下惠為士師，三黜（chù，罷免）。人曰：「子未可以去乎？」曰：「直道而事人，焉往而不三黜？枉道而事人¹，何必去父母之邦²？」

《論語·微子》

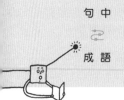

句中	/ 枉道事人
成語	/ 父母之邦

成語釋義

1. 枉道事人 / 原指用歪道侍奉國君，後泛指不擇手段地討好他人。
   (1) 枉 / 不正。
   (2) 事 / 侍奉。
   (3) 人 / 原指國君。
2. 父母之邦 / 自己出生的國家，指祖國。

柳下惠，姓展，名獲，字子禽，春秋時期魯國柳下邑（今山東新泰柳里）人，「惠」是他的諡號，所以後人稱他為「柳下惠」。

柳下惠有治國安邦之才，又有正人君子之風。但他生不逢時，一直未被重用，只做過士師一類的小官。當時魯國王室衰敗，朝政把持在臧文仲等人手中。柳下惠生性耿直，不事逢迎，自然容易得罪權貴，竟接連三次被罷免，但他從無怨言。當他多次被撤職後，有人問他：「您不可以離開魯國嗎？」他回答說：「以正直的道義來侍奉他人，到哪裏不是多次被罷免呢？以歪門邪道來侍奉他人，何必要離開生我養我的祖國呢？」他的妻子也勸他離開魯國，他說百姓將要陷入困苦之境，怎麼能不管呢？

柳下惠熱愛父母之邦，當齊國侵略魯國時，他仗義執言，折服了齊君，使魯國免除了一次災難。他品德高尚，相傳他夜宿郭門，見一女子全身淋濕，無處投宿。柳下惠怕她受凍而死，便敞開衣襟抱着這個女子，端坐了一夜，

自始至終沒有發生任何越禮的行為，所以後人稱頌他「坐懷不亂」。由此，「柳下惠」這個名字也成了正人君子的代稱。柳下惠退隱後，招收徒弟，傳授文化、禮儀，深受鄉人尊敬和愛戴。

柳下惠以直道事人，剛正不阿，又能憂國救亂，孔子稱他為「被遺落的賢人」，孟子則稱讚他為「聖之和者也」，後人稱他為「和聖」，把他與伯夷、伊尹、孔子等並置於聖人之列。

我們知道古代伴君如伴虎，古代的臣子為了生存，能做到正派就很不容易了，能夠恪（kè）守本分，不「枉道事人」，不失大節，就是一個真正的儒者！同學們，你評論一下歷史人物，哪個直道事人？哪個枉道事人？這二者之中，你準備做個甚麼樣的人呢？

8

名句外
的知識

　　隋朝著名學者盧思道，從小就極富文采，長輩們對他讚不絕口。眾人的誇獎讓盧思道有點飄飄然，不願再下苦功學習了。

　　有一天，盧思道去拜訪一位名叫劉松的學者，只見他正揮筆給人撰寫碑文。碑文內容深奧，有許多詞句和典故盧思道都看不懂。他頓感自慚形穢。從此，盧思道好像變了一個人，終日刻苦學習，虛心向名人請教。就這樣，他的學問日益精進。

　　有一天，盧思道又見到了劉松，便恭敬地把自己的文章拿給劉松看，請他指教。劉松看後，拍手大讚：「想不到你小小年紀，竟能寫出如此文情並茂的文章，不簡單！」說罷，還坦承自己對盧思道文章中的一些典故的疑惑，要求他一一加以解釋。盧思道從這件事上深刻認識到學無止境的道理，學習更自覺、更刻苦了。

8 名句中的成語

子貢曰：「君子之過也，如日月之食焉。過也，人皆見之；更也，人皆仰之。」

《論語・子張》

句中
成語

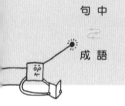

/ 君子之過

成語
釋義

1. 君子之過／品行高尚的人犯錯誤就像日食和月食，別人看得很清楚，不必隱瞞。
　　(1) 過／過錯。

　　有一次，陳司敗問孔子說：「魯昭公懂得禮嗎？」孔子說：「懂得禮。」孔子出來後，陳司敗向巫馬期作了個揖（yī），請他走近自己，對他說：「我聽說，君子是沒有偏私的，難道君子還包庇別人嗎？魯昭公在吳國娶了一個同姓的女子做夫人，因她和國君同姓，被人稱為吳孟子（這在當時是不符合禮的）。如果魯君算是知禮，還有誰不知禮呢？」巫馬期把這句話告訴了孔子。孔子說：「我真是幸運。如果有錯，人家一定會知道。」他停頓了一下，又說：「有了過錯不要緊，關鍵是能改。如果能增加我的壽命，讓我多活幾年，在五十歲時就學習《易》，就可以沒有大的過錯了。」子貢說：「老師，君子所犯的錯誤，就像日食、月食一樣，他犯錯誤時，人人看得見；他改正了錯誤，人人都敬仰他。」孔子接着說：「是啊，有過錯而不改，這才是真正的過錯啊。在這一點上，你們要向子路學習，子路聞過而喜，這一點值得我們都來學習呀！」

　　在當時，魯昭公娶了同姓女子為妻，違反了周禮的規定，而孔子卻說他懂禮，是在偏袒昭公。孔子坦然承認自己的過錯，實為坦蕩之人呀！孔子曾評價晏嬰是處事圓滑之人，認識到錯誤後，他主動向晏嬰道歉，承認錯誤，被晏嬰評價為知錯就改之人。

　　日食、月食發生後，天地黑暗，但人們並不擔心，因為大家都知道黑暗很快就會過去。一旦日食、月食消失，日月依然會放射出皎潔的光芒。君子不掩飾自己的過錯，勇於改錯，他們的錯誤就像日食、月食一樣，人們看得清清楚楚，改過之後，人們依然會敬仰、學習他們。

小練習，
做一做！

學習了本單元的名句，你知道它們當中成語的意思嗎？瞭解這些成語的用法嗎？
下面有一些小練習，來試試看吧！

A. 請根據前面學到的成語意思，把正確的成語答案填寫在空格內。

1. 比喻上面的意圖傳下來，下級一律服從，也比喻德高望重者對世人影響之深。（　　　　　）

2. 形容清心寡慾、安貧樂道的生活。（　　　　　）

3. 負擔沉重，路程遙遠，比喻責任重大，且要經歷長時間的奮鬥。（　　　　　）

4. 死了才停息，指貢獻出畢生力量。（　　　　　）

5. 抱怨天，責怪別人，形容對不如意的事老是歸咎於客觀條件。（　　　　　）

6. 原意是勉勵並幫助別人做好事，後表示幫助別人實現意願或成全別人的好事。（　　　　　）

7. 指合羣共處而不結黨結派。（　　　　　）

8. 指君子能夠安貧樂道，不失節操。（　　　　　）

9. 品行高尚的人犯錯誤就像日食和月食，別人看得很清楚，不必隱瞞。（　　　　　）

10. 不因為這個人有不足的地方而不採納他的正確意見。（　　　　　）

B. 以下來自於本單元的成語，皆有一處或者幾處錯誤，請在空格內改正。

1. 死而後己　（　　　　　）

2. 怨天憂人　（　　　　　）

3. 風行草晏　（　　　　　）

4. 君子故窮　（　　　　　）

忠恕之道

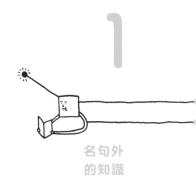

　　傳說后羿射箭技術非常高超，幾乎百發百中。人們非常敬佩他，連夏王也聽說了他的本事。夏王把后羿召入宮中，單獨為他表演射術。如果射中靶心，賞他萬兩黃金；如果射不中，就要削減他一千戶的封地。后羿走到離箭靶一百步的地方，擺好姿勢瞄準。想到自己這一箭的後果，一向鎮定的后羿呼吸開始急促起來，手也微微發抖，瞄了好幾次都不敢放箭。最後，后羿終於鬆開了弦，箭直飛出去，卻落在了離靶心好幾寸的地方。后羿再次彎弓搭箭，卻更加心神不寧，射出的箭也偏得更加離譜。他悻悻地離開了王宮。夏王問左右：「這個神射手平時百發百中，為何今天大失水準呢？」手下人說：「后羿平時射箭，沒有賞罰規則，平常心之下，自然可以正常發揮，可是今天他射箭關係到自身利益，他如何能平靜下來呢？他是過於患得患失啊！」

　　患得患失，過分計較自己的利益將會成為我們獲得成功的大障礙。在任何情況下，保持一顆平常心尤其重要。

1 名句中的成語

子曰：「鄙夫！可與事君也與哉？其未得之也，患得之；既得之，患失[1]之。苟患失之，無所不至[2]矣。」

《論語・陽貨》

句中
成語

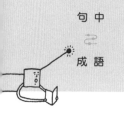

/ 患得患失

/ 無所不至

成語

釋義

1. 患得患失 / 沒有得到時生怕得不到，得到了又怕失掉，形容對個人利害得失斤斤計較，也比喻一個人做事不果斷，缺乏魄力。
   (1) 患 / 擔憂。
2. 無所不至 / 指沒有達不到的地方，也指甚麼壞事都幹得出來。
   (1) 至 / 到。

名句中
的道理 1

　　有一次，孔子給他的學生講應該和甚麼樣的人共事時，說：「我們能和品質低劣、庸俗鄙陋的人一起侍奉國君嗎？不能。因為這種人利慾薰心、貪得無厭，只考慮自己的利益，為個人的得失絞盡腦汁。當他沒有得到職位的時候，擔心自己得不到；得到了職位後，又怕失掉。如果他怕失掉，就會想方設法來保住已經得到的職位，就會甚麼壞事都能幹得出來。」孔子說完之後，稍停了一下，然後告誡學生們：「像這種患得患失的人，一定不要與他們共事。」後人由此引申出「患得患失」和「無所不至」兩個成語。

133

2

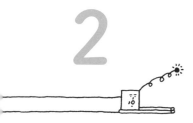

名句外
的知識

　　《中庸》在「忠恕違道不遠，施諸己而不願，亦

勿施於人」之後，有云「君子之道四」，即：「所求

乎子，以事父」（吾欲子之孝我，吾亦以孝父）；「所

求乎臣，以事君」；「所求乎弟，以事兄」；「所求乎

朋友，先施之」。這裏包含了父子、兄弟、朋友、

君臣之間的關係，此「君子之道四」都是從「忠恕」

引申而來。

名句中
的成語 2

子曰：「參（shēn）乎！吾道
一以貫之[1]。」曾子曰：「唯。」
子出，門人問曰：「何謂也？」
曾子曰：「夫子之道，忠恕而
已矣。」

《論語·里仁》

/ 一以貫之

句 中

成 語

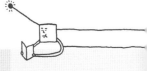

1. 一以貫之／用一種學說貫穿一切事物，也有自始至終貫
徹到底的意思。
(1)貫／貫穿。

成 語

釋 義

2 名句中的道理

　　一天，孔子對曾子說：「參啊，我的思想是用一個根本的東西貫穿始終的。」曾子說：「是。」孔子出去後，別的弟子問曾子：「你們說的是甚麼意思？」曾子說：「老師的思想，只是忠和恕罷了。」

　　同學們，你讀了上面孔子、曾參師生的問答感到奇怪嗎？孔子「一以貫之」的「一」是甚麼？曾參明明自信地說「是的，我知道」，但他傳給其他弟子的不是「一」，而是變成了「二」——忠和恕。孔子老師那麼嚴肅地看待的「一以貫之」的人生觀，曾參竟然輕描淡寫地說「忠恕而已」，言外之意，沒有甚麼了不起，沒有甚麼奧秘。那麼，「忠」和「恕」到底又是甚麼呢？

　　「忠」指誠心誠意、一心一意，可以用「己欲立而立人，己欲達而達人」來解釋，就是自己想要站得住也要使他人站得住，自己想事事行得通也應使他人事事行得通。「恕」就是「己所不欲，勿施於人」，自己不想要的，就不要施予別人。同學們，「忠」和「恕」有甚麼共同之處呢？

　　「己立立人，己達達人」與「己所不欲，勿施於人」的「忠恕」之道的共同點是「愛人」，是以仁愛為基礎幫助別人、尊重別人。這樣解釋「一以貫之」的「一」對不對？你能不能從《論語》或其他經典中找到證據？

　　同學們，如果你聽到有別的同學背後說你的壞話，你是「以其人之道還治其人之身」，也添油加醋地說同學的壞話呢，還是找同學和解，虛心請同學指正你的缺點、錯誤？

　　但「忠恕」遠遠未能窮盡「道」的內涵，「忠恕違道不遠」而已。孔子教學「下學而上達」，「忠恕」屬於「下學」的內容，是可以在生活中實踐的。由此不斷加強修養而「上達」，才可以成為「仁人」。

3

名句外
的知識

　　劉秀是東漢的開國皇帝，他不但善待功臣，對待所謂的仇人，也十分豁達，只向前看，不盯着別人過去的問題。

　　朱鮪（wěi）原本是綠林軍的將領，他曾帶兵殺了劉秀的哥哥劉演。劉秀當了皇帝之後，率領大軍攻打了朱鮪鎮守的洛陽。但是，三個月過去了，劉秀還是沒有攻打下來，於是派大臣岑彭去勸降。但是朱鮪知道自己和劉秀有殺兄之仇，顯得顧慮重重。

　　岑彭回來後把實情稟告給劉秀。劉秀聽後淡然一笑說：「成大事者，怎麼能計較小恩小怨呢？你去告訴朱鮪，只要他投降，我不僅不會記仇，還會讓他為官。」岑彭把劉秀的話又轉告給朱鮪，朱鮪最終歸降。劉秀也說話算話，任命朱鮪為平狄將軍，封為扶溝侯。

　　同學們，如果孔子穿越到東漢，他會如何評價劉秀呢？

名句中
的成語 3

哀公問社於宰我，宰我對曰：
「夏后氏以松，殷人以柏，周人
以栗，曰使民戰慄。」子聞之，
曰：「成事不說¹，遂事不諫，既
往不咎²。」

《論語·八佾》

/ 成事不說　　　　　　　　　　句中

/ 既往不咎　　　　　　　　　　成語

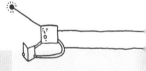

1. 成事不說 / 原指既已定型的事就不用解釋，後指事情已　　　成語
　　　經過去，不要再說了。
　　　(1) 說 / 闡釋、解釋。
2. 既往不咎 / 對過去做錯的事不再責備追究。　　　　　　　釋義
　　　(1) 既 / 已經。
　　　(2) 往 / 過去。

3 名句中的道理

　　宰我姓宰，名予，字子我，比孔子小二十九歲。他思想活躍，敢說敢做。孔子喜歡「訥於言而敏於行」的人，宰我在《論語》中四次受到孔子的嚴厲批評，只有一次讚揚他擅長語言。孔子周遊列國時，宰我始終跟隨孔子。由於他能言善辯，孔子常派他出使各國。

　　有一次，魯國的君主魯哀公問宰我，應該用甚麼樹木製作土神神主的牌位。宰我回答說：「夏代人用松木，殷代用柏木，周代用栗木。栗木的意思是讓人民害怕得戰慄。」宰我能追溯歷史，把夏、商、周三代神主使用的木料都告訴哀公，說明他歷史知識豐富。但他最後想當然地說了一句，周人之所以用栗木，是為了震懾百姓。孔子的思想核心是「仁」，主張「仁者愛人」。宰我的「使民戰慄」與孔子的思想格格不入。孔子聽後，知道宰我亂說話的老毛病又犯了，便責備宰我說：「已經做過的事不用再解釋了，已經完成的事不要再規勸了，已經過去的事不用再追究了。」孔子的話有兩個目的：一是教育宰我不要強不知以為知，說話要謹慎；二是說明過去的事就過去了，一切向前看。

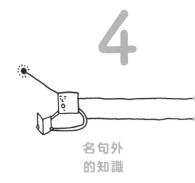

名句外
的知識

1914 年，歐洲各國為了爭奪自身利益，爆發了第一次世界大戰，並迅速波及世界其他地區，當時世界上大多數國家都捲入了這場戰爭。戰爭給歐洲帶來巨大的創傷，但是戰後召開的巴黎和會和華盛頓會議沒有解決導致這場戰爭的一系列問題。相反，這兩次會議所體現出來的強權政治在戰敗國人民的心裏埋下了仇恨的種子，最終導致了第二次世界大戰的爆發。

歐洲各國之間的「舊仇」數不勝數，歐洲的歷史就是一部戰爭史。但是今天，人們已經意識到了和平、友愛的重要意義。有遠見的政治家們有鑒於歷史的教訓，成立歐盟，着眼於共同的發展。這也是寬恕之一種。

4 名句中的成語

子曰：「伯夷、叔齊不念舊惡[1]，怨是用希。」

《論語·公冶長》

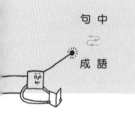

句中 ↺ 成語

/ 不念舊惡

成語 ～～～ 釋義

1. 不念舊惡 / 不計較別人過去的錯誤、罪過或別人與他之間的仇怨。

　　孤竹君的大兒子叫伯夷，小兒子叫叔齊。孤竹君想立叔齊為君。等到父親死後，叔齊又讓位給大哥伯夷，伯夷逃走了，叔齊也不肯繼承君位而逃走了。伯夷、叔齊聽說西伯侯姬昌敬養老人，就打算投奔他。等到他們到達的時候，西伯侯已經死了，他的兒子武王用車載着父親的靈牌，正向東進發討伐商紂王。伯夷、叔齊勸阻說：「父親死了尚未安葬，就大動干戈，能說得上是孝嗎？你是商朝的大臣卻去討伐君王，能說得上是仁嗎？」武王伐紂是策劃已久的事，伯夷、叔齊的勸說自然不會起到任何作用。

　　武王打敗商紂王以後，天下都歸順於周朝，而伯夷、叔齊以此為恥，堅持大義不吃周朝的糧食，於是隱居於首陽山，採集薇蕨來充飢，最後餓死在首陽山。伯夷、叔齊有兩點深受儒家推崇，一是推位讓國，體現了孝敬父母和兄弟友愛的思想；二是不食周粟、以身殉道的行為體現了殺身成仁的觀點。儒家認為，人生的價值不在於你能獲得甚麼功名利祿，而在於你對社會做出了甚麼貢獻，在於你

倡導了甚麼價值觀，在於後世對你的評價，從而體現人生
價值，這就是所謂的留名千古。

　　所以孔子在評價伯夷、叔齊時說：「伯夷、叔齊不記過
去的仇恨，所以他們的怨恨情緒很少。」

　　伯夷、叔齊對自己的人生有沒有怨恨情緒呢？他們聚
積仁德、修養品行達到這般地步，為甚麼終致餓死？好人
為甚麼不得好報？大概在伯夷、叔齊的心中，對殘暴的商
紂王，他們不怨；對當時打着替天行道旗號的周武王，他
們也不怨；對餓死自己的「自殘」行為也無怨恨，他們在
用生命詮釋一種「仁愛」的思想，無論別人如何對待他們，
他們都能始終如一地堅持着以平等、友愛、和睦的心態去
對待別人。

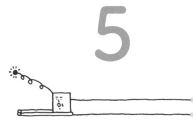

名句外
的知識

　　春秋戰國時期，楚國和梁國交界，兩國邊界上各設街亭，各有兵卒駐守。在邊界的空地上，楚、梁兩國的亭卒各自種上了西瓜。楚國的亭卒懶惰，既不勤澆水，也不勤除草，因此瓜秧長勢不太理想。而梁國亭卒勤快，瓜秧長勢很好。楚國的亭卒非常嫉妒，暗地裏扯斷了梁國許多瓜秧。梁國亭卒對此非常氣憤。當地縣令宋就說：「我理解你們的心情，可是如果把楚國的瓜秧扯斷，當然是既痛快又解氣，可是你們想過沒有，既然別人做得不對，那麼你們為甚麼還要跟着學呢？這不是太狹隘了嗎？」亭卒們覺得有道理，在宋就的安排下，亭卒們悄悄地幫楚國亭卒的瓜秧澆水、除草。楚國亭卒發現梁國亭卒不但不記恨，反倒天天幫他們澆瓜，慚愧得無

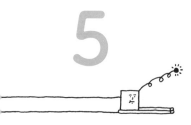

5

名句外
的知識

地自容。於是就把這件事上報給了楚國國君。楚王
聽後，特備厚禮讓人送到梁國，以表歉意。結果，
原本是敵對的鄰邦，竟成了友好的朋友。正因為以
德報怨，實現了兩國交好的願望。

　　同學們，當你遇到具體問題時，你是選擇「以
直報怨」還是「以德報怨」？你能舉例說明嗎？

名句中
的成語 5

或曰：「以德報怨[1]，何如？」
子曰：「何以報德？以直報怨[2]，以德報德[3]。」

《論語·憲問》

/ 以德報怨 / 以直報怨

/ 以德報德

句 中

成 語

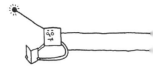

1. 以德報怨 / 用恩德回報怨恨，比喻待人寬厚，不計恩怨。
    (1)德 / 恩惠。
    (2)怨 / 仇恨。
2. 以直報怨 / 以正直、公平回報怨恨。
    (1)直 / 正直，公平。
3. 以德報德 / 以恩惠報答恩惠。
    (1)德 / 恩惠，好處。

成 語

釋 義

5　名句中的道理

　　我們知道一個人做壞事理當受懲罰、付出代價，這才讓人不敢做壞事。一個人做了好事理當有好報，這才能鼓勵人們做好事。我們一起來看看兩千年前的孔子是怎樣看待這個問題的。

　　有人問孔子：「用恩德來報答仇怨，怎麼樣呢？」孔子說：「如果用恩德來報答仇怨，那麼用甚麼來報答恩德呢？」那人說不上來，孔子接着說：「應該是用公平正直來對待仇怨，用恩德來報答恩德。」

　　歷史上有許多以德報怨的佳話。齊桓公以博大的胸襟寬容並重用了刺殺過他的管仲；藺相如以寬厚和仁義感動了剛直粗獷的廉頗，兩人結為生死之交；韓信沒有殺掉讓他受胯下之辱的青年，使這人感激涕零；諸葛亮七擒孟獲，最終使孟獲心悅誠服，效忠蜀漢；郭子儀以國為重，舉薦對手李光弼為大將，最終冰釋前嫌。

　　以德報怨可以化干戈為玉帛的故事有很多，但是孔子卻認為以德報怨助長了歪風邪氣。因為我們以德報怨之後，對方可能得寸進尺、變本加厲，最後窮兇極惡到忘恩負義的程度。所以孔子認為正確的做法應當是以直報怨，以德報德。

小練習，
做一做！

學習了本單元的名句，你知道它們當中成語的意思嗎？瞭解這些成語的用法嗎？
下面有一些小練習，來試試看吧！

A. 請根據前面學到的成語意思，把正確的成語答案填寫在空格內。

1. 指沒有達不到的地方，也指甚麼壞事都幹得出來。（　　　　　）

2. 用一種學說貫穿一切事物，也有自始至終貫徹到底的意思。
　（　　　　　）

3. 不計較別人過去的錯誤、罪過或別人與他之間的仇怨。
　（　　　　　）

4. 沒有得到時生怕得不到，得到了又怕失掉，形容對個人利害得失
　斤斤計較，也比喻一個人做事不果斷，缺乏魄力。（　　　　　）

5. 原指既已定型的事就不用解釋，後指事情已經過去，不要再說
　了。（　　　　　）

6. 對過去做錯的事不再責備追究。（　　　　　）

7. 以正直、公平回報怨恨。（　　　　　）

8. 用恩德回報怨恨，比喻待人寬厚，不計恩怨。（　　　　　）

9. 以恩惠報答恩惠。（　　　　　）

B. 以下來自於本單元的成語，皆有一處或者幾處錯誤，請在空格內改正。

1. 無所不致　　　（　　　　　）

2. 即往不究　　　（　　　　　）

3. 一一貫之　　　（　　　　　）

練習答案

第六單元

A. 請根據前面學到的成語意思，把正確的成語答案填寫在空格內。

1. 漂亮的言辭，偽善的面孔。指用花言巧語和假裝和善來討好別人。
（ 巧言令色 ）

2. 約束自己，使言行符合於禮。（ 克己復禮 ）

3. 原意是指主觀願望雖好，但方法不對，既損害自己又不能救助別人。
（ 從井救人 ）

4. 自己不願意的，不要施加給別人。（ 己所不欲，勿施於人 ）

5. 能就近以自身作比方，設身處地，推己及人。（ 能近取譬 ）

6. 指廣泛地施予恩惠，接濟窮困的人。（ 博施濟眾 ）

7. 指對處境心安理得，不存疑慮。（ 居之不疑 ）

8. 原指不惜捨棄自己的生命以成全仁德，後泛指犧牲自己的生命，以維護正義事業。（ 殺身成仁 ）

9. 糾正混亂的局勢，使天下安定，後引申為統一天下。（ 一匡天下 ）

10. 一心一意廣泛學習而意志堅定。（ 博學篤志 ）

11. 工匠要想做好他的工作，一定先要使他的工具精良，也泛指事先準備好工作的用具。（ 工欲善其事，必先利其器 ）

12. 面對合乎道義的事絕不退讓，現泛指遇到應該做的事情，就要主動積極地去做，絕不推讓。（ 當仁不讓 ）

13. 心裏非常想做，可是力量不夠，或指心裏有某種願望，但沒有足夠的力量去實現，也可以是不肯出力、婉言拒絕的託詞。（ 心有餘而力不足 ）

14. 動盪不安，居無定所，困頓窘迫。（ 顛沛流離 ）

15. 求仁德便得到了仁德，後用以表示如願以償的意思。（ 求仁得仁 ）

B. 以下來自於本單元的成語，皆有一處或者幾處錯誤，請在空格內改正。

1. 被發左任（ 發 改為 髮 ; 任 改為 衽 ）
2. 察顏觀色（ 顏 改為 言 ）
3. 克己複禮（ 複 改為 復 ）

第七單元

A. 請根據前面學到的成語意思，把正確的成語答案填寫在空格內。

1. 雖然很辛苦、很勞累卻沒有怨言，形容孝子事親的態度，也指合理地調用人力，人民雖勞苦，也不埋怨。（ 勞而不怨 ）
2. 形容僅能供養父母而不存孝敬之心。（ 犬馬之養 ）
3. 一方面⋯⋯而高興，另一方面因⋯⋯而害怕，形容憂喜兼有的複雜心情。（ 一則以喜，一則以懼 ）
4. 慎重地辦理父母的喪事，誠心誠意地祭祀祖先。也指謹慎從事，追念前賢。（ 慎終追遠 ）

B. 以下來自於本單元的成語，皆有一處或者幾處錯誤，請在空格內改正。

1. 慎重追遠（ 重 改為 終 ）
2. 勞而不冤（ 冤 改為 怨 ）

第八單元

A. 請根據前面學到的成語意思，把正確的成語答案填寫在空格內。

1. 形容心中有法度，不做違法的事，能自重自愛。（ 懷刑自愛 ）
2. 形容人既有文采，又有內涵，後多形容人文雅有禮貌。（ 文質彬彬 ）
3. 君子不像器皿一樣，作用僅僅限於某一方面。（ 君子不器 ）
4. 關係親密但不相互勾結。（ 周而不比 ）

5. 一簞食物，一瓢湯水，指貧苦的生活。(簞食瓢飲)
6. 指未成年的孤兒。(六尺之孤)

B. 以下來自於本單元的成語，皆有一處或者幾處錯誤，請在空格內改正。

1. 週而不比（ 週 改為 周 ）
2. 文質斌斌（ 斌斌 改為 彬彬 ）
3. 蔬食飲水（ 蔬 改為 疏 ）
4. 單食瓢飲（ 單 改為 簞 ）

第九單元

A. 請根據前面學到的成語意思，把正確的成語答案填寫在空格內。

1. 比喻上面的意圖傳下來，下級一律服從，也比喻德高望重者對世人影響之深。(風行草偃)
2. 形容清心寡慾、安貧樂道的生活。(飲水曲肱)
3. 負擔沉重，路程遙遠，比喻責任重大，且要經歷長時間的奮鬥。(任重道遠)
4. 死了才停息，指貢獻出畢生力量。(死而後已)
5. 抱怨天，責怪別人，形容對不如意的事老是歸咎於客觀條件。(怨天尤人)
6. 原意是勉勵並幫助別人做好事，後表示幫助別人實現意願或成全別人的好事。(成人之美)
7. 指合羣共處而不結黨結派。(羣而不黨)
8. 指君子能夠安貧樂道，不失節操。(君子固窮)
9. 品行高尚的人犯錯誤就像日食和月食，別人看得很清楚，不必隱瞞。(君子之過)
10. 不因為這個人有不足的地方而不採納他的正確意見。(不以人廢言)

B. 以下來自於本單元的成語，皆有一處或者幾處錯誤，請在空格內改正。

1. 死而後己 (己 改為 已)
2. 怨天憂人 (憂 改為 尤)
3. 風行草晏 (晏 改為 偃)
4. 君子故窮 (故 改為 固)

第十單元

A. 請根據前面學到的成語意思，把正確的成語答案填寫在空格內。

1. 指沒有達不到的地方，也指甚麼壞事都幹得出來。(無所不至)
2. 用一種學說貫穿一切事物，也有自始至終貫徹到底的意思。(一以貫之)
3. 不計較別人過去的錯誤、罪過或別人與他之間的仇怨。(不念舊惡)
4. 沒有得到時生怕得不到，得到了又怕失掉，形容對個人利害得失斤斤計較，也比喻一個人做事不果斷，缺乏魄力。(患得患失)
5. 原指既已定型的事就不用解釋，後指事情已經過去，不要再說了。(成事不說)
6. 對過去做錯的事不再責備追究。(既往不咎)
7. 以正直、公平回報怨恨。(以直報怨)
8. 用恩德回報怨恨，比喻待人寬厚，不計恩怨。(以德報怨)
9. 以恩惠報答恩惠。(以德報德)

B. 以下來自於本單元的成語，皆有一處或者幾處錯誤，請在空格內改正。

1. 無所不致 (致 改為 至)
2. 即往不究 (即 改為 既；究 改為 咎)
3. 一一貫之 (一一 改為 一以)

讀經典　學古文　系列 3

《論語》教名句（下）

主編　　江少青

責任編輯　楊歌
裝幀設計　綠色人
排版　　　楊舜君
印務　　　劉漢舉

出版

中華教育

香港北角英皇道 499 號北角工業大廈 1 樓 B
電話：（852）2137 2338　傳真：（852）2713 8202
電子郵件：info@chunghwabook.com.hk
網址：http://www.chunghwabook.com.hk

發行

香港聯合書刊物流有限公司

香港新界大埔汀麗路 36 號中華商務印刷大廈 3 字樓
電話：（852）2150 2100　傳真：（852）2407 3062
電子郵件：info@suplogistics.com.hk

印刷

美雅印刷製本有限公司

香港觀塘榮業街 6 號海濱工業大廈 4 字樓 A 室

版次

2018 年 7 月第 1 版第 1 次印刷
©2018 中華教育

規格

32 開 (210 mm x 150 mm)

ISBN

978-988-8513-11-6